U0935038

TO BE OR
NOT TO BE

可以不可以

TO BE OR NOT TO BE

韩寒 主编

云南出版集团
云南美术出版社

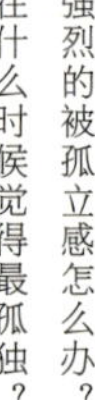

notice

男女之间不可能存在友谊，有的只是爱恨情仇。

——王尔德

chapter 1
你有没有喜欢一个人，
全世界都不知道

匿名 问：暗恋是这个世界上最傻的事情吗？

东东枪 答：不。有比暗恋更傻的，叫“互相暗恋”。

这一生好漫长。
有些人错过了，让我们明白
爱和拥有是两件事，
适不适合比喜不喜欢更重要。

不想我们只是朋友

张皓宸

肥羊何许人也？

苗苗班抢饭抢被子抢玩具小能手；小学绝不姑息忘戴红领巾校徽和迟到行为纪检处三道杠大队长；初中省级短跑长跑接力跑长腿冠军；高中发育过快波涛汹涌刀子嘴匕首心老大。

进大学第一天，就靠她一刻不停的嘴巴，以及夜跑后在寝室里

裸奔的胸怀，轻度聊骚，重度撩妹，把寝室里三个妹子都招进了“后宫”。眼睛最大的叫阿CO，人生永远在犯二，胆子小到可以忽略她这个器官。三妹游林，高浓度文艺软妹，陈绮贞和苏打绿的粉丝，棉布麻衣是标配。年纪最小的叫小玉，自带鬼上身属性，整天抱着手机孤僻地坐在床头。

女人堆在一起，要么聊男人，要么就聊另一个女人。隔壁的女A，开学没几天就跟大二表演系的学长在一起了，每天走路都跟开了振动模式一样屁颠屁颠的。刚进大学的单身男女，被“高考万岁”和“不许早恋”的旧时代教条压抑得窒息，迫不及待地把大学当恋爱温床，爱到撼天动地。

肥羊她们受不了女 A“我恋爱我了不起”的猛烈装 × 模式，也开始物色起“男朋友”这个跨时代必需品。以男生宿舍楼为原点，X 轴定点教学楼、食堂、操场，Y 轴锁定同学、学长乃至辅导员，画出多少抛物线均不得解。直到肥羊的发小出现，彻底改变了内需。

发小叫蒸鱼，精瘦大高个儿，行走的衣服架。单眼皮，睫毛浓密自带眼线效果，父母搞实业，家境优裕，从小就是众人焦点。幼儿园就能当着肥羊的面亲女孩的小脸儿，这些年在肥羊这里哭诉的前女友就没断过，不断刷新着所有青春小说男一号的设定。

蒸鱼唯有一个很可笑的弱点，患有社交强迫症，见不得尴尬，就连在电梯里如果没人说话，都恨不得蹲下来问问地上的灰尘叫什么名字。当初在幼儿园就是因为身边默默吃午餐的肥羊没说话，他忍不住给了她一耳光，于是肥羊抢了他碗里的抄手，从此没给他一天好日子过。

阿 CO 见过蒸鱼的第二天就跟他表白了，大家都疑惑谁借了胆给她，敢一个人跑到蒸鱼学校，在食堂人流最多的正午十二点，买了一大桌子菜等蒸鱼，说要喂饱他。蒸鱼吓死了，说这台词怎么跟他妈说的一样。阿 CO 回寝室不争气地哭了一宿，说好不容易对爱情开了窍，结果代价太惨痛。肥羊安慰她，这才是西天路上的第一难，没有哪个男人是真心愿意被女人喂饱的。

好在时间太猖狂，一口吞一个记忆，没几天阿 CO 就跟没事人一样，伤愈完全。紧接着肥羊她们又把三妹游林推出来，说跟蒸鱼是金童玉女配一脸。游林起初还一副林黛玉式的娇羞说，人家不喜欢单眼皮啦，咳咳咳。结果转头加上蒸鱼的 QQ 后，每天像望夫石一样守着电脑，时不时传来一阵傻笑。

他们确定关系的前一晚，蒸鱼还特地来肥羊学校找她，问她的意见。肥羊神经质地大笑：你从小到大哪次谈恋爱没问过我？反正好与不好，最长不过三个月。蒸鱼呛她：那你还敢把你姐妹往火坑里推？肥羊说：谁叫她喜欢你？如果你也喜欢她，就在一起吧，情侣里需要你们俩这种光是站在一起就能气死人的，但这次我多说一句，你幼稚归幼稚，在她变心之前，不许伤害她。

蒸鱼拍了拍肥羊的肩，说：还是你最靠谱。然后喜滋滋地给游林发了信息。

又促成一桩喜事，肥羊跟蒸鱼分别后，回头没走几步路，就开始揉眼睛，不小心哭了。

为什么人类需要氧气却一直不停砍树？为什么公共场所那么多警示牌却没人遵守？为什么内心有很多话脸上却总是云淡风轻？为什么说了不再见的人却老想见面？为什么明明喜欢一个人却不能拥有？

从幼儿园开始，肥羊就在蒸鱼面前怒刷存在感，却只能成为他靠谱的朋友。尺码不合的鞋，连试一试的机会都没有，以至于这么多年过去，肥羊都快忘了，已经有多少次因为蒸鱼而哭过，清浅到一首情歌，深重到无数次失恋。

阿 CO 和小玉正抢着游林的手机看八卦，回到寝室的肥羊重新挂上老大的豪迈脸，昭告天下，为她们寝室开荤了。

此后蒸鱼只要一没课就来找游林，两人成了 5A 级风景线，让隔壁的女 A 气得跳脚，恨不得每天把男友绑在自己身上。寝室里变了画风，游林行踪不定，对爱情长征失去信心的阿 CO 转而投入社团活动，小玉继续抱着手机待在二次元，只有肥羊突然对一切都兴趣缺缺，尽管从小到大已然习惯。

这天深夜两点，肥羊失眠，打开手机 QQ 见蒸鱼在线，便给他发了个表情。对方迟迟没回应，肥羊轻声骂了句娘就蒙头强迫自己睡觉了。到了后半夜，蒸鱼打过去，问她犯什么病大半夜聊 QQ。肥羊窝在被子里，佯装迷糊，推说是手机抽筋，支支吾吾了几句便挂了电话。她抬头看了一眼熟睡的游林，犹豫片刻，然后把手机通讯录上蒸鱼的名字改成了“妹夫”。

完了合上眼，就再也没睡着过。

接下来的几天，肥羊发现蒸鱼原来是个夜猫子，偶尔发个消息过去，没几秒就回复了，说他睡不着在打游戏。两人有一茬没一茬地瞎聊着，尽管大多话题在很多年前就聊透了，但蒸鱼或许不知道，肥羊这些年删删改改却未发出的消息，字数都快累计成一本小说了。有时寝室信号不好，为了离窗户近一点，肥羊就以超高难度的姿势跪在床头，胳膊伸得老远，终于收到对方的回复，仿佛完成一次仪式。

某天蒸鱼说他跟室友打赌，比四级分数，为了男人面子竟然短暂冒充好学生，每天驻扎在图书馆里。他跟游林两人的学校不过几站公交车的距离，但一不见面，几公里就像隔着一片汪洋，跟异地恋无异。

游林整天对着电脑无精打采的，吃饭都提不起兴趣，原本纤瘦的身子看着更脆弱了。肥羊气不过，大半夜教训蒸鱼。蒸鱼用英文回复她，还义正词严地说今后聊天必须用英语。结果没几个回合，蒸鱼的词汇量就捉襟见肘，于是拼音和 Chinglish 并用，还偶尔夹杂看不懂的火星文。

四级考试前，蒸鱼 QQ 也不常聊了，肥羊为了能睡着，晚上加大夜跑的运动量。不巧在操场上撞倒一个土木系的白牙男，白牙男闪着一口非正常人类的大白牙对肥羊一见钟情，从此不依不饶地追求她，寝室门口堵，操场路上拦。肥羊怒了，问他：你到底要做甚？白牙男认真地说：我就觉得你挺可爱的。肥羊不爽，大骂：你以为我是速溶咖啡那么好泡啊？

结果还真泡上了。

蒸鱼四级考完那天第一时间来肥羊他们学校请大家吃饭，不巧肥羊发高烧，一个人留在寝室里养病。到了傍晚暴雨倾盆，意识迷糊的肥羊听见有人敲门，拼了老命爬下床，一开门看见淋成狗的白牙男，正捧着好几盒感冒药，牙齿锃亮发光地微笑着。

白牙男后来被宿管阿姨扫地出门。肥羊的病好了，他却病了很久。这件事之后，肥羊就跟白牙男在一起了。在这之前她告诉自己，如果那晚送药的人是蒸鱼，她一定放下所有的纠结毫不犹豫地告诉他：我们认识十多年了，从小闹到大，吵到大，过着信马由缰的生活，偏偏要那么认真地喜欢一个人，喜欢太久真的会上瘾的。我从来没有任何时刻比现在确定，蒸鱼，我真的真的好喜欢你。

肥羊恋爱后，寝室的三姐妹都对白牙男送上崇高的敬意，蒸鱼也第一时间发去慰问：男人就是要勇于在刀锋上行走，解救无辜同胞于水火。气得肥羊一改往日大喇喇的脾性，对白牙男说话的声音都降低几个调，俨然一副贤妻良母的架势。白牙男倒也很乖，标准忠犬型男友，会在肥羊到食堂之前，就排队抢好她最喜欢的菜，会在肥羊失眠的时候在电话里弹吉他唱歌，会连同姐妹们的情绪一起照顾。肥羊需要的时候第一时间出现，不需要的时候也绝不腻歪。如若把他搬回家，父母应该会拍着大腿提前预定这位准女婿。

四级成绩公布，蒸鱼当然没戏。问他为什么要跟室友打赌，他说因为想跟那个傻×书呆子换床位。他的床风水不好，这么大的人了还隔三岔五地来“大姨父”。为了庆祝自己可能精尽人亡英年早逝，蒸鱼办了个“趁早”party，把身边的情侣朋友召来，其中就有肥羊和白牙男。

蒸鱼的社交强迫症一犯，上来就把红酒威士忌啤酒一一排兵布阵，招呼大家喝。没想到让白牙男露出了酒鬼本色，前半段还维持着旭日般的暖男微笑，后半段直接原形毕露，操着东北口音一口一个“滚犊子，整不死你”并猛摔酒瓶。最后大家都醉了，蒸鱼抱着游林一顿狂亲，肥羊看不过去，揶揄地把两个人挤开，却被蒸鱼一把抓住，躺在她的C罩杯上找存在感，结果赢来了白牙男非常东北爷们儿的一记拳。

那晚的腥风血雨在肥羊学校成了一段佳话，慈悲的校长特此下令，周一到周五除非辅导员批假否则严禁出校门。一夜回到初高中，肥羊他们成了众矢之的，整个寝室都罩着一层抑郁的气氛。

肥羊跟白牙男提了分手。白牙男咧着嘴温柔地问她why。肥羊瑟缩地答：你喝醉酒后吓死宝宝了。其实她心里的独白是：靠，你敢打姐喜欢的男人。

很多人的青春故事里，一定有这样一个黄金备胎，他喜欢你，你喜欢别人，但反正你爱不上得不到，那就跟他凑合试试。说我们眼瞎也好，贱也罢，即便知道会伤害无辜，但仍无法阻止自己在绵长的爱里坚韧和炽烈。

学校一整个学期都封闭式管理，游林大多数时间见不到蒸鱼，只能在寝室里写博客寄托情感。回归单身的肥羊除了跑步，偶尔练下嘴皮子，也没别的可做。

大学生活常走向两个极端，惊天动地的精彩，和分分钟置人于死地的颓废。

事情出现转折是在周杰伦来开巡回演唱会的那天。作为 24K 黄金脑残粉的肥羊使用了所有招数就是骗不来一张假条，就差跪在门口的保安面前，再加两个响头了。眼看演唱会就要开始，黄牛票还没来得及买，这时蒸鱼突然出现，拉着她绕过田埂和杂草逃出了学校。

蒸鱼说是找当地老乡把校外的小树啊草啊给砍了，直接辟出了一条路。肥羊感激得五体投地，别有用心地说：没别的，请让我以身相许吧。蒸鱼睥睨着她，回呛她：那你还是回去比较好。肥羊一脚飞踢。

在蒸鱼的世界里，那晚除了身边肥羊放浪形骸的尖叫，和走音的“手牵手一步两步三步四步望着天”，并没有听清楚周董到底唱了什么,甚至演唱会结束了,耳边还不断回绕着肥羊的魔音。他跟肥羊说：周杰伦应该买票听你的演唱会。

散场时人满为患，根本叫不到车，他们索性走了一段路。人是少了，不过车也没几辆。

最后是一条空旷的街道，肥羊和蒸鱼并排走着。蒸鱼不知怎么挑起话题，说她如果把喜欢周杰伦的劲头放到白牙男身上，就不会潦草分手了。肥羊回他，没有可比性，有些人是舍不得，而有些人就该提早结束。听过“沉没成本”吗？喜欢一个人三年，第四年就想干脆也继续喜欢吧，不然亏了。于是雪球越滚越大，后来成了习惯，习惯特别可怕。

说这段话的时候肥羊特别伤感，旋即补了一句：还好他是周杰伦。蒸鱼没回应，气氛落入尴尬，两人踩着影子默默地走。肥羊察觉到蒸鱼的强迫症犯了，来回伸缩着脖子好像在找话题。游林适时来了电话，蒸鱼接通后没聊几句手机就没电了，肥羊把自己的手机给他，蒸鱼推脱说回去再打。肥羊按下游林的号码，固执地把手机贴到蒸鱼的耳朵上。

接下来的一路就是蒸鱼的单口相声秀恩爱。肥羊两只手插在上衣兜里，看着地上两个人的影子出神。明明彼此靠那么近，却好像错落在不同时空，对方的影子捂着左耳，不时笑出声来，自己却刻板又僵硬，好像卓别林可笑的黑白默剧。

回到寝室的肥羊觉得有点难受，洗漱完就早早上床了。她把自己捂在被子里，出了一身汗。临睡前滑开手机，发现蒸鱼把他在通讯录中的名字改了回去。

这天肥羊接到蒸鱼的电话，说这两天找不到游林。肥羊嘀咕着刚进门，发现寝室里狼藉一片，第一反应是进了贼。正准备跟宿管通报，小玉从厕所里悄无声息地洗完澡出来，头发湿漉漉地挡住了脸，看不见表情。肥羊问她怎么回事，她慢条斯理地说，游林换寝室了。

游林搬到了隔壁女 A 的寝室，似乎变成了另一个人。旷一整天的课，手机不接短信不回，听说常跟女 A 去酒吧，回来醉醺醺地在楼道吐一地。好几次被肥羊她们拦住问缘由，都视若无睹绕过。

肥羊终于忍不住，直接闯到游林的寝室。她一个人正在化妆，嘴巴猩红得刺眼。肥羊把寝室门反锁，上前把她那些化妆品往地上一砸，拽起游林就问她玩的这是哪一出。游林冷笑一声，反唇相讥：这句话该我问你。肥羊怒了：是不是蒸鱼他欺负你？游林疑惑地看着肥羊，过了许久，眼神变软，身子渐渐抖起来，接着眼泪如泉涌，哭着说了很多断断续续的句子。

肥羊重新把它们组合起来，大意是说：我找到了蒸鱼的匿名博客，上面都是他写的日记，然后在里面看到了你，全都是你，他的心里，只有你。

肥羊失魂落魄地回到寝室，手机通讯录停在蒸鱼的名字上，迟迟不敢按下去，她觉得好像哪里出错了。

最后是蒸鱼先来了电话。

提到博客之后，蒸鱼沉默了。肥羊鼻子一酸，在电话里责问蒸鱼：你在开玩笑吧？我们不是朋友吗？蒸鱼突然来了气，大声嚷着：我当时问你，我跟她在一起好不好，你回答得那么干脆，你听不到电话对面的我声音很抖吗？从小到大，我一谈恋爱就第一时间在你面前炫耀，用了十多年激将法激你都无济于事，你是瞎子吗？朋友？我他妈的最不想跟你做的就是朋友。

肥羊捂住嘴，还想说什么时，化着眼妆的游林出现在寝室门口，神色黯然地看着她。肥羊狠心挂掉电话，然后上前抱着游林，陪她哭。

后来阿 CO 单独找肥羊聊过，两人坐在宿舍楼下的木椅上，阿 CO 拉着肥羊的手说：你喜欢蒸鱼吗？肥羊抱膝坐着，支着下巴傻愣愣地点头。阿 CO 看了她一眼，肥羊反应过来猛摇头。阿 CO 补充：好几次半夜醒来看见你在床上玩手机……那个人应该是他吧。爱情这条路我们都学不会走，游林很喜欢他，但也在乎你，所以才逃避。

玩过愤怒的小鸟吗？很多时候自己就像那头绿猪，看着对岸的小鸟撞过来，尽管你根本不知道它们撞你的原因，但又特别在乎它们，在乎它们能不能成功。因为这是游戏的强设定，就是你不能站在这里，必须要失败。游戏才能结束。

肥羊没有把心事告诉蒸鱼。

人生设定他们一开始就没有在一起，好像后来也不能再在一起了。

夜深人静的时候，肥羊常常躲在被子里看蒸鱼的博客，咬着被角眼泪大颗大颗地往下滚，咬牙切齿道：蒸鱼你这个操蛋玩意儿，什么时候这么会写东西的。

蒸鱼说：

我这个发小就靠着胸大腿长来证明她是雌性了，脾气冲，又是个未进化完全的单细胞生物。平时劲儿劲儿地妄想只手遮天，以为能照顾所有人，但关键时刻连自己都保护不了。她长得这么好看，不当我对象可惜了，我的使命就是一直陪在她身边。

我只对她一个人设置了隐身可见。她喜欢大半夜聊天，我床头信号不好，跟睡在窗边的室友打了赌，只要四级分比他高，就可以跟他换床位。

女朋友没断过，遇见一个又一个，以为是别针换别墅的过程，最后只换到了一堆别针，而她的心里，我却始终住不进去。

不想我们只是朋友。

后来的事啊，游林还是跟蒸鱼分开了，大四当交换生去了法国，淡出了姐妹的朋友圈。阿 CO 爱情运真不好，临毕业被一个搞电话诈骗的骗了感情，没胆的她立志要当警察。她们中最不可能恋爱的小玉竟然在毕业散伙饭上带来了一个男朋友，说明年就要结婚了。那时她们才明白，这些年沉默的小玉，每天抱着手机是在跟她的神秘男友传情，跟她们仨根本不是一个段位的。蒸鱼被他爸送去北京实习。之后的这几年，他跟肥羊像约定好似的，消失在彼此的世界里，再无联系。如果不是几百页的聊天记录还能作证，这一切好像都不曾发生过。

或许有些人，再不相见也挺好的，至少他永远是你记忆里的样子。

记得上小学的时候，两家爸妈们带肥羊和蒸鱼去海边，肥羊在沙滩上写下“I love you”，蒸鱼呛她恶心，肥羊兀自绕到蒸鱼身后用相机远远地拍下来，努努嘴说：你不懂，那些好看的图片上都爱写这句话。

肥羊心满意足地跑开了，迫不及待翻到刚才拍的照片，照片上是蒸鱼的侧脸，和沙滩上大大的表白。

只是她不知道，留在沙滩上的蒸鱼因为看见海浪把“I love you”吞去，偷偷哭了鼻子。

他觉得那是肥羊写给他的。

这一生好漫长。有些人错过了，让我们明白爱和拥有是两件事，适不适合比喜不喜欢更重要。或许一切最好的安排，就是后来我们没有在一起，很久很久以前，还好遇见你。

不是别人，是你。

「一个」工作室 问：
喜欢和爱的区别在哪里？
小窗的出其不意：
喜欢是不讨厌，爱是讨厌也没办法。
灬 Anchor 灬：
喜欢是坏了就扔掉，
直接换新的吧；
爱是坏了就修，
修不好就忍忍吧。
请叫我中分君：
喜欢是
解你的衣扣，
爱是
解你的风情。
心牧 Cinmor：
喜欢是看到他和别人在一起会怒从胆边生；
爱是看到他牵着别人的手也能忍住不哭，
扯开嘴角笑。
周老师等尘埃落定：
爱是长期的稳定的喜
欢，是你确定这辈子可
以就这样过下去了。
CamoBunny：
喜欢是想占有；
爱是只要对方开心，
放手也可以。
薰公子 Paranoid：
喜欢是你想吃印度菜我就带你去吃印度菜。
爱是你想吃印度菜我就去学印度菜做给你吃。
forever 豆豆豆：
喜欢一朵花会把它摘下来，而爱一朵花会给它浇水。
_ 周布丁会活着回去的：
喜欢可以升华为爱，
爱却不能退回到喜欢。

达布三寸的乖侄女 问

喜欢的人要结婚了，你是什么心情？

李泓业 答

据说每个有梦想的人都会遇到一束指引自己前进的光，它会是黑暗世界里的唯一光亮，你所能想象的最美好的存在。她就是我的那束光。我们在很早以前就已经有对方的联系方式，并不时听人提起对方的名字。但真正开始交流却是出国留学以后。

当我还在为托福成绩纠结的时候，她已经被排名靠前的美国大学录取，在西雅图修会计和心理学双学位，并同时在创作自己的新书。她过着我梦想中的生活，而当时的我却只能羡慕。与她交流时她从不掩饰自己的优秀，因为她已经提前支付过相应的努力。这些对当时还在挣扎是该继续写作梦想还是该继承家业的我来说全是不可思议的事情。她用她的行动反问了我一句：为什么梦想和责任不可兼顾呢？ 也许我一直都在为自己的不够努力找借口。

她总是有用不完的热情，兴奋地跟我谈天说地，聊各种奇思妙想。我们在漫长的夜里促膝长谈，她的目光仿佛能够看透我自惭形秽的小心思。我脑海里全是她活泼开朗或安静优雅的样子，所以我想要变得更好，因为只有那样才能配得上她。我戒掉了网游，改变了宅男形象，开始走出自己的空间去认识外面的世界。 我开始不停地出现在图书馆，写的论文能够拿到 A；我开始加入各种社团组织，锻炼自己的组织策划交际等能力；我开始在旅行中发掘文化，而非走马观花……

我在意她的每一句话、每一个动作，我在意她那么耀眼的存在。仿佛在碰到她以前，我从未认真地生活过。

尽管塞林格说，爱是想要触碰却收回手，但我总是后悔没有表白。为什么喜欢上一个人，居然连勇气都不够用？

这一年里我去过不少地方，遇见不少女生，但心中始终挂念她。四月我去西雅图找她，她带我到山顶看西雅图的夜景，在考试的夹缝中抽出时间带我去吃海鲜。那个时候我开始把满心的喜欢以另一种方式来表达，我称呼她为“知己”。

八月，我去支持她的新书发布会，第一次结识了她的男朋友，才发现他确实具备足够的才华和气质，与她般配。想来也是，她能够喜欢上的人，又会差到哪里去呢？于是在认识他之后，我的心更放得下了。才明白爱并不一定要拥有，能够看着对方幸福也知足了。

十二月，她说想组织一次穿越美国的旅程，希望找我帮忙策划，我一口答应，并尽力帮忙安排各方面的事情。这算是我们首次合作，而旅行也非常顺利。十天的旅程，途中偶有悲伤落寞的时候，我便默默地陪着。驴友们开玩笑说我是她的奶爸，她也对我说：“谢谢你每次都留下来陪我。”我不知道怎么回答，因为我从未对别的女生这样有过耐心。她也总是说：“每见你一次，都感觉你比上次优秀了很多。”我苦笑，但我不会说：我之所以变得更好，不是为了想更接近你吗？

前几天和她在纽约时代广场倒数新年，她的男朋友突然出现，我看着他们穿过人群相拥的画面，深受感动。要知道她几天前就嚷嚷着要改机票回西雅图找男朋友，被我以临时改机票太贵为由挽留了下来。谁料禁不住思念的原来不止她一人，他男朋友订好了酒店，买了机票，专门在新年前夕飞到纽约来找她。我陪她翻过铁栏，冲过障碍，看着他们在汹涌的人潮之中相逢。而后一转身，倒数时激动的人流已经把我和他们冲散，我守在原地四下张望，却寻不到他们的影踪。

直到人潮逐渐散去，她找到我，开心得像只小兔子：“你知道他刚才对我说了什么？”我一愣，随即惊喜地反问：“不会吧！是真的吗？！”她脸红耳赤地点点头，我还是不敢相信，直到从她男朋友——哦不，从她未婚夫口中确认：她就在刚才答应了他的求婚。

所有的这一切都太过迅疾而梦幻，却又真实。作为唯一的见证人，我能够感受到他们彼此深爱，所以真心祝福。我以为我真的已经放下了，唯有一次在睡醒的时候听歌，是许志安的《昨迟人》，泪水便不争气地从眼角不断往外挤。我想我是成熟了，因为哭声已经调到了最低音量。

就像每一段旅程都会有终点，每一个故事也总会有结局。回想起她在时代广场上被求婚的幸福样子，我心里除了祝福真的别无他念。有这么一个人改变了我的人生轨迹，让我成长。她教会了我爱要坚持，也教会了我爱要勇敢。

希望他们能够一直幸福下去，无论如何，别忘了有我这个朋友。

装修鬼 问

很多朋友说对爱情的期待不能过于不切实际，找个各方面都合适的人更重要。可我觉得这样太现实，爱情像是打了折扣。究竟考虑到现实的爱情是不是打了折扣呢？

MENG 答

有一个姑娘恋爱总是受挫，她抱怨她遇到的人总是有这样那样的缺点。我听完她的叙述，告诉她：你还没有遇到对的人，是因为你自己成长得还不够。她不信，说：天下哪里有这么多对的人？都是相处着变适合的。

我只好笑笑。

虽然心灵鸡汤告诉我们：“恋爱不是找一个适合的人去相爱，而是找一个好人，慢慢变适合。”但是经验告诉我，根本不是如此。

一个人年轻的时候，特别容易坠入爱河。也许是隔壁桌的男生长得帅，也许数学老师解题时特别酷，也许同桌的女生给你一块巧克力……这些都会让你心潮澎湃，春心荡漾，这就是初恋的感觉。不需要太多理由，只要一个打动你的瞬间。你不会在意对方的家庭、背景、有没有钱，甚至不在意对方的性格是否有缺陷。

因为你的喜欢是单纯的，没有经验的。你也许不会想到地老天荒一生一世，但也绝不会现实到一动心就去想未来的三年小计、五年大计。因为这份简单，所以初恋才是朦胧的、美好的，如同美丽的泡沫。

但是这世上那么多相爱的人，从初恋走到结婚的，凤毛麟角。

为什么？随着年龄渐长，你越来越了解自己，越来越知道原来并不是所有人都和自己有关系，才知道爱情是受制于一些现实因素的。这并不是感情的退化，而是一种成长。在现实情况之下，人们做出的决定才是真实的，也是有决定性的。“和心爱的人浪迹天涯”、“执子之手，与子偕老”是理想的爱情，而现实中的爱情不是山盟海誓，而是眼前的具体事务；不是宏伟的目标，而是琐碎的细节。

年轻时，我们喜欢一个人并且可以因为喜欢而接受他身上的种种缺点，其实那是出于对自己的不够了解。你以为你可以忍受贫穷，结果你却忍受不了他五块钱在社区理发店剪的发型；你以为你可以二十四小时和爱人相处在一起，可他只不过多打了几个电话你就不胜其烦；你以为恋母情结是恋爱时的一大优势，婚后却发现那是一场灾难……

年轻时你以为可以接受的、喜欢的，也许未必是你真的经历过的。还有很多时候，你甚至不了解自己还有哪些“雷区”。也许你会爱上一个有宗教信仰的人，也许你会爱上一个素食主义者，结果你发现你不能不吃肉……

我说这些的意思并不是说人要自私到底，处处为自己着想；恰恰相反，我希望每个人都能尊重和理解别人，在这个前提下找到自己适合的恋人。

所谓的不适合未必是大是大非的原则性问题，很多时候引起争吵的都是小问题、小细节。而这些令人烦恼的细节问题正是在我们成长过程中要慢慢学着去处理的。你和一个人恋爱的最大矛盾点，是虽然你们两人有很多共同点，但也有很多差异。

于是渐渐地，你知道哪一些是你可以接受的，哪一些是你拒绝妥协的，哪一些是你可以改变的，哪一些是绝对无法撼动的。只有在了解自己的前提下，你才会知道一个人是否适合你，是否能与你携手人生。

我表姐曾经面对两个追求者：一个是有钱的富二代 CEO，一个是我那当时还是一个小职员的姐夫。表姐最后还是选择了姐夫。

原因很简单：她自己是一个优秀的职业女性，她想要一个温馨的家庭，需要一个愿意为家庭付出的老公，而不是一个可能根本没有时间精力给家庭的男人。很多人都为我表姐惋惜，认为她选错了。其实她恰恰选择了适合她的那个人，事实也证明婚后的生活是如她所愿的。

现实中的爱情并不是打了折扣的，而是理想的爱情从来没有落过地。理想的爱情好比一座空中楼阁，它实际承重的部分是现实。追逐爱情的人如果想要得到爱情，还是要一砖一瓦地去搭建、去改变，而不是在意识中营造它——那是意淫。

年轻的时候，我们因某一时某一刻的心动而开始相爱；成熟之后，我们会因某一时某一刻的分歧而拒绝一段感情的开始。年轻的时候，爱是百分之百的拥抱；成熟以后，爱是让出百分之五十的空间给彼此自由。年轻时，满世界都是爱情的可能性；成熟之后，你才明白寻寻觅觅那一个人是多么不易。

唯其不易，我们才更要珍惜，珍惜你自己的那一点与众不同，珍惜你和另一个人真正交换心灵的机会。当你爱上一个人，并发现 Ta 也许未必是你所想的那样的时候，不妨坐下来好好沟通，找出问题，尝试解决。即使将来实在没有办法弥合那道裂痕，在分手之后，两个人得到了成长，对自己也更加了解。

没有所谓打折的爱情，也没有所谓完美的爱情，因为我们都不是完美的人。也许你对自己的爱情不满意，那只是你的幻想打了折扣，而现实的爱情却是你值得拥有的那一份。如果你希望它变好，你可以从试着改变自己开始，然后再试着去寻找那个 Mr. Right。

notice

你单身过吗？你纠结过吗？别犹豫了！

——本章节对单身人士很友好

chapter 2

单身人士通行指南

匿名 问：单身的人如何假装自己有男女朋友？

陈二胖 答：然而，并没有人在意你是不是单身。

有时候无法恋爱，
也许并不关爱情什么事。
可是恋爱，
却一定是他把无数个不恋爱的理由偷偷掐灭在心里，
一定是穿透了深重的犹豫和困难才留在你身边。

无法恋爱的理由

大将军郭

看过下面这种观点吗？

“如果他喜欢你，就不会暧昧不清；如果他不再联系你，别为他找理由。He is just not that into you.”

总之，无论是他不主动联系你，他莫名消失，他现在不想跟你结婚，还是他跟你长期暧昧没确定关系，结论都只有一个，他没那么喜欢你。

这是电影《他没那么喜欢你》里传递的观点，我二十出头的时候也被蒙蔽过。但凡对方没有做到我以为的爱的举动，我都会一棒子把他们击倒在恋爱的门前，打死也不让进门。这一闷棍就是前面提到的那种思维定式，不允许别人做任何不符合预期的事，只要他做了，就是不够喜欢我，他就没资格跟我恋爱。

也不只我一个把这种观念当做金科玉律，我身边的姑娘们也曾陷入到这种思维里不愿自拔。就连上周我在咖啡馆不小心听到邻桌的姑娘聊天，也是同一个路数，一方痛斥男友各种不好，另一方听完，自信又煞有介事地告诉她：你知道吗？原因很简单，他就是没那么喜欢你。

我们残忍地不谈人性，不谈生活的苦，不去关照对方的经历，也不愿去仔细想一想为什么，直接简单粗暴地认定他不爱你，就轻松地诠释了这个男人所有的过往行径，就连那些曾让你感觉到爱意的回忆，也被你认为不过是逢场作戏。好像一旦认同“他不爱你”，就可以证明你的恋爱理论，就可以演绎全天下所有的恋爱假设——他爱你，他就一定要跟你在一起；他爱你，他就一定要按照你期望的一切行动；他爱你，他就不能做出任何让你感到失望的事情。

我一查这部电影的编剧，Abby Kohn，果真是位女性，可能还有点直女癌中期症状。

如果你真的坚信，一切爱情烦恼的背后都有“他不够爱你”在作祟，你最好一辈子都别谈恋爱、别结婚，因为你一定会失望——这个世界上并不存在满足恋爱公式的男人。再爱你的人也不可避免地会让你有失落、伤心、不满的瞬间，因为，男人这种生物真的没有那么简单，一句“用下半身思考”只能以偏概全。

讲几个男人的故事，为你们搭一座桥，去男人心底瞧一瞧。

01. 徐斌

以前上学时做展会兼职，认识了一个男孩。说白了，站展会这种兼职，除了赚点钱以外，能学习到的东西并不多。女孩穿着高跟鞋、紧身短裙，微笑站一天只有一百五十块；做问询解答和搬运东西的男孩，一天只有八十块。

没错，我们都是为钱而来。但为了钱也有不一样的理由，我是想把生活费赚出来，这个男孩是为了养家糊口，因为他还有一个上高中的弟弟等他来养。

这个男孩叫徐斌，出生在大山里，是当年山里唯一一个能来北京上大学的佼佼者。为了他能上学，爸妈外出打工，春节都舍不得买票回家，他跟弟弟在家，又当爹又当妈。然而考上大学并不是终点，而是偿还助学贷款的开始，是承担弟弟上学开销的开始。来到北京，徐斌在宿舍放下行李的下一分钟，就开始四处打听哪里可以打工赚钱。

徐斌长得很不错，有点儿山里人的质朴和羞涩，还浑身上下透着一股勤奋努力的劲儿。不是没有女孩子喜欢他，他也有过心动的对象，只可惜徐斌是一个有着沉重故事的男同学。

他支付不了恋爱的种种开销，除了自己的贷款，还要定期给弟弟寄钱。他大学三年身高又长了五公分，那条被浆洗得发白的牛仔长裤现在变成了裤脚悬空的九分裤，风一吹，赤裸的脚踝就打寒战。

暴露在现实这股强劲冷风下的，不只是徐斌的脚踝，还有他敏感易碎的自尊心。

徐斌上大二时爱过一个姑娘，虽然表白拙劣，但还是俘获了其芳心。他们像所有校园情侣一样，一起上自习，一起去食堂吃饭。徐斌从自己三餐里省钱，硬生生每个月挤出了点儿钱去超市给姑娘买一大堆零食。

寒假后就是女朋友的生日了，徐斌犯了难。春节他没回家，在北京的百货商场打工，穿上人形玩偶的衣服，戴上可爱的玩偶面具，跟来往购物的人合照，吸引他们来买促销商品。

徐斌说那年是狗年，他演了一星期的萌宠，就是为了在女朋友生日那一天，他能送一份礼物，摇摇尾巴，等她的笑。

寒假里他不怎么给女朋友打电话，要知道，当时北京用手机打长途电话，一分钟要六毛钱，打十分钟，徐斌就得饿上一天的肚子。但是想到她，他就有了忍耐下去的动力。女友生日时，徐斌送了一份厚礼，至少对于当时的他来说是份厚礼。女朋友得知他为了这份礼物，大年初一还晃荡在北京街头，难过得哭了起来。

女朋友提了分手，不是不喜欢，而是不忍。这份喜欢太沉重，

穿在身上的不只是一件崭新的呢子大衣，更是徐斌沉甸甸的心血。这份沉重，压得他们谁都喘不过气来。

后来，徐斌就不再想恋爱了。在他还不能负担得起轻松恋爱的时候，他想独自承受这份沉重。不是没有人愿意同他共苦，只是他更希望跟爱人一起分享爱情的甜头，而不是两个人一起捉襟见肘，为了下一顿吃什么发愁。

如今的徐斌已经不是当年那个为了下个月的生活费而苦恼的少

年了。弟弟已经大学毕业，父母回家赡养老人，他在天津买了房买了车，他按部就班地还贷，却还没有理所应当地谈个恋爱。

上次去天津我们见面，说起婚恋问题，他还是有挥不去的焦虑。他不知道究竟要赚多少钱才能有填满内心的安全感，究竟要拥有多少物质，他才能负担得起不沉重的恋爱。

他指指窗外来来往往的女孩子，坚定地说：我想让我今后的爱人也是这样脚步轻盈，可以大胆走向自己想去的地方。等我不再需要让爱人跟我一起承担经济压力的时候，我再爱。

02. 小马

前几年微电影特别火的时候，看过我男神罗永浩拍的一部《幸福59厘米之小马》，至今难忘。

男主角叫小马，三十岁的未婚青年，是一个摇滚乐手，跟很多姑娘暧昧，他却从不肯对粉丝下手。他喜欢摇滚青年不该喜欢的一切，老人、孩子和狗，他喜欢科普书籍，对这个世界一直保持着好奇。

在摇滚圈里看似浑不吝是最好的混圈儿方式，但小马一直洁身自好，被灌醉了酒都能保持最后的清醒，因为怕被豆瓣月亮小组的骨肉皮们爆料。

科学研究发现，人这一生遇到真爱的概率是二十八万分之一，这比偶然事件概率还低的情况，也许一辈子都无法发生。而像他这样的怪物，再遇到同类，概率又被直接降到七百八十四万分之一。

小马说，一个男人刚跟一个女人做爱完之后大多只有两种反应，一种是不想理她，一种是想把她踹下床去。但如果出现了第三种——想拥她入睡，那么可能这个男人是遇到真爱了，那个二十八万分之一。

小马遇到了江婷，他的英语培训老师，一位有知识分子气质的美女。以前学的冷门知识都在约会时派上了用场，小马成功抱得美人归。

江婷就是小马遇到的那二十八万分之一，他想温存过后拥她入怀一起迎接天亮，但是小马做不到。

小马有成人夜尿症。他在太阳落山前就要停止喝水，可是一到深夜入梦，有些事情还是无法控制。在感受到那潮湿冰冷的绝望之前，他也能像正常人一样享受昏睡的幸福，但早晨他总会毫无意外地醒在濡湿的床单上。

虽然这种病没有什么值得嘲笑的，但男人怎么会好意思对着心爱的女人说：对不起，我尿床了，并且我会天天尿床。

那会是一种怎样的尴尬和羞愧？

俄罗斯人安德烈·齐卡提洛也是夜尿症患者，因为忍受不了他人的嘲笑，他成了一个变态杀人狂，杀害了五十三条生命。小马没成为杀人狂，但他一次又一次亲手杀害了自己的爱情。

他不想别人发现他丢人的夜尿症，一次次在半夜温存过后走掉，或是把女朋友赶出家门。

长期的稳定关系对小马来说是不可能完成的任务，更不要说结婚。女朋友肯定也会费解，为什么这个男人总是无法跟自己同床共枕，他是不是不爱我？不以真正睡觉为目的的“睡觉”，根本不叫“睡觉”！

也只有在睡觉还不是恋爱必备活动的中学时代，小马才有过长期稳定的恋情。这些年，他就只能跟来去匆匆的姑娘睡上一觉，没什么机会好好相处。

可是江婷不一样，她是小马想要守护的女人。他做出了努力，给江婷配了家里的钥匙，打算共同面对问题的时候，江婷却先离开了。

如果这一生你都没有遇到那二十八万分之一，也会觉得这没什么了不起，可是一旦尝到了点儿甜头，人类就会像实验中的小白鼠一样，满脑子都只想着这件事。小马最终还是忍耐不了真爱的相思之苦，他决定坦白这一切。跟江婷温存过后，小马没有选择离开，他睁着眼，等待着天亮。

电影到这里戛然而止，结局让人遐思。我想象着早晨起来之后小马跟江婷解释这一切的画面，当一个男人把他最难以启齿的秘密告诉恋人时，究竟有着怎么样的心情。

有时候不敢爱，不敢面对，是太害怕失去，即使失掉自尊也换不回爱人。

03. 常先生

以前在北京宇宙中心聚会群里认识一个男孩，常先生，有才情又多金，迷倒了无数群里的女娃，是当之无愧的群帅。据说单身两年，可是谁都不信。这么优秀的条件还单身，要么就是乱花渐欲迷人眼挑不过来，要么就是花花公子没有固定伴侣，百花丛中过，片叶不沾身。

群里没有一个姑娘敢向他直接示好，看过了他前女友的照片之后更是没有人斗胆靠近。前女友这种让人恶向胆边生的生物，只要存在过，就让人心生妒恨，更何况她还是一个真正的白富美。

我看过常先生写的很多日志，篇篇充斥着对过去的怀恋和对现实的无奈。一面因为忘不了旧爱，一面因为现实中无人可爱而悲伤。

他对我说，有时候女人比你想象的还复杂，她们在恋爱前就设定了条条框框的前置条件。你要帅，又不能太帅；你要有钱，但也不能太有钱；你要有才，又不能太有才。一旦在女人眼里这些光环被视作过度，她们就担心你会变成光芒普照的太阳，所有女性都可能沐浴在你的身旁，舍不得离开。

还有一些女人的靠近和取悦，不是真的爱他，只是爱他的光环。带到朋友聚会上有面子，女人觉得骄傲；走在街上被无数眼光羡慕，女人就会开心。还有的女人仅仅是旅途过客，在这个站台候车，急匆匆奔赴下一段旅程，你根本不是她的终点，她们不过是通过一个又一个男人来填充自己的人生，自己也不知道要什么。

常先生也渴望一段真爱，却发现连自己也不够诚恳。他爱过，那个白富美前女友，在他身边从涉世未深的小女孩出落成亭亭玉立的轻熟女，最后却变了心。他从未想过他还会娶别人，他没想过见证彼此成长的青梅竹马情最终变成了伤他最深的一把刀，他害怕面对告别和背叛，以及那个还相信这世界上至少他们的爱情不会变的自己。

面对别人的踟蹰不前、猜疑试探，常先生看不到一往情深的真诚，他也不愿交换真诚。

于是他过起了封闭自己的日子，成了女人口中的暖男，或者渣男。别人对他好，他也对别人好。别人不靠近，他也不会主动靠近。他不承诺什么，也不保证什么。他看着经过身旁的女人在自己身上索取着短暂的安全感、膨胀的虚荣心以及自以为是的爱意。仅此而已。

他不甘愿让任何人真正参与到自己的生活当中，拒绝被任何暖意和涟漪腐蚀好不容易筑起的冰冷和宁静，觉得你来我往是无趣至极的事，也不会再相信什么人了。因为体会过被放在心尖上，登得高跌得重，知道再摔一次会粉身碎骨，于是爱不起来了，就想给自己留个全尸。

爱情现如今是让他恶心的词，却并不为此感到一点抱歉。

有时候男人不能恋爱，是因为没办法自我疗愈，且没遇到愿意疗愈他的人。

四年前我看日剧《我无法恋爱的理由》，讲述了三个二十郎当岁的日本姑娘的恋爱故事。一个因为嫌麻烦只想追求事业而不谈恋爱，一个从来没有真正喜欢上别人而无法真正恋爱，还有一个因为害羞、畏首畏尾而无法开始恋爱。真是有趣又生动写实的都市爱情，演出了很多适婚女性的喜怒哀愁，让当时的我沉醉了许久。

最近又翻出来温习了一遍，果真不同的年龄段看同一部剧会有不同的思考。以前只顾着抱怨男人、心疼自己，可是现在看来，无法恋爱的又何止是女人呢？徐斌曾因为物质匮乏没有安全感，小马因为难以启齿的隐疾以及敏感的自尊心，常先生因着一颗被伤得体无完肤的心以及周遭的冷漠……还有故事之外千千万的男人，有着数不清或许也意想不到的理由而无法开始恋爱。

有时候无法恋爱，也许并不关爱情什么事。可是恋爱，却一定是他把无数个不恋爱的理由偷偷掐灭在心里，一定是穿透了深重的犹豫和困难才留在你身边。

我看着身边这个虽然笨拙地记错了纪念日却愿意跟我度过每一分每一秒的男人，终于决定不再那么轻易地对他说："你不爱我。"

「一个」工作室 问：

单身人士如何优雅地度过情人节？

liassic：
情书要用左手写，
毕竟要给右手一个惊喜嘛。

FlyingEnid：
提前订一束硕大的玫瑰花，送到公司，送到任何人看得到的地方，然后抱着从街头走到街尾。
太伤感了！

Super--Miao：
叫上一众单身好基友，伪装成便衣警察去各大宾馆扫黄。

王茹萍想当动物园园长：
情人节是什么？

Z 星球小祖咒：
情人节那天我会刷空间和微博，谁要是在空间或者微博里面秀恩爱，我就截图，等到 Ta 结婚的时候，如果对象不是现在的那人，我就把照片放在红包里给 Ta 送过去。

西门庆是真的爱：略过。

丹白质：难过。

链之风景：一笑而过。

心锐 R：
玩“连连看”，
能消灭多少对
就消灭多少对。

Rool- 车轮：
物以稀为贵，所以情人节有两个，光棍节只有一个。

Gal- 陈霖：
打移动客服电话，
开口第一句：
“我知道你也很寂寞。”

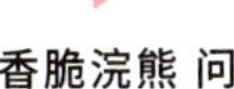

香脆浣熊 问

你长得不错，性格不错，工作能力不错。

你条件那么好，为什么还单身？

水果 pie 答

我想到《生活大爆炸》里霍华德和博纳黛特结婚时谢尔顿的祝辞：

“人穷尽一生追寻另一个人共度一生的事，我一直无法理解。或许我自己太有意思无须他人陪伴，所以我祝你们在对方身上得到的快乐与我给自己的一样多。”

总有人问：“为什么不找一个？”我很佩服问出这类话的人，似乎于他们而言感情就像逛集市，看到合适的就大喊“快到碗里来”，于是一切就都有了。我只能无奈地说，出现的人不喜欢，喜欢的人不出现。

他们又会接着问：“为什么你一个人生活还能每天元气满满过得那么开心有趣？”我不解为什么不可以。生活若像你所抱怨的那样无趣让你打不起精神，为何不找些事情让自己的生活变得有趣起来？这些事就必须牵扯上另外一个人吗？

说到底，有怎样的心态就拥有怎样的风景，做有趣的人就有有趣的生活，这不取决于他人。

巫毒 问

我有一个朋友，单身，各方面条件不错，他自己也非常想谈一场恋爱，但是面对不少与他还挺相配的女生追求，他却表现得非常忸怩，甚至不愿意试着相处看看是否合适，这是什么样的心理？

新新林游优 答

生命如果不能浪费在喜欢的人身上，那我宁愿把它浪费在自己身上。我宁愿寂寞拥抱我，让我沉浸于一个人的美好孤独之中，也不愿去碰触那些我不喜欢的身体，回应那些我毫无感觉的词句，拥抱那些我从未为之心动过的灵魂。爱是一种放大了的自由，而与这些人的相处于我而言却是时时刻刻的束缚。

YY 问

你为什么总是遇不到对的爱人?

傅踢踢 答

以前写过一篇关于单身的文章，主旨是脱单未必就政治正确，只要自怡自得，无人可以干涉。

在文章里，我引用了刘瑜的话：“爱情成了庸人的避难所。”很多人将恋爱视为逃避单身的出口，害怕孤单，畏惧寂寞，就不加拣选或者潦草随意地投身一段感情，这是害己，也是误人。

但刘瑜在《送你一颗子弹》里还写过：“自我是一个深渊，它如此庞大，爱情不可填补。”对无爱、想爱又不太敢爱的人而言，自我沉溺同样会产生问题。

最直观的例子是，大量单身青年，尤其女生，始终抱持不愿将就的态度。独处久了，也就习惯了家人、闺蜜、朋友、同事的充填，逐步稀释了对恋人的需求。不是没想过去爱，可好像又没什么大所谓，“不温不火”。而时间分秒流逝，投身爱情的阻碍，变得越来越多。

说这些不为劝你妥协，而是要厘清背后的现实。人生有很多路要一个人走，爱情本质上是自我的修行。如果永远看着外界，很难找到症结。

一个普遍观点是，同龄人中优秀的多是女生，因此产生了数量上的错位，部分女生无奈单身。可我们往往忽略了，女生和男生的出色，并不是同样的标准。

对女生来说，体面的学历，尚可的收入，搭配独立的人格，再加上一些兴趣爱好，就够得上七十五分。而对男生来说，学历、收入只是基准，独立人格更是前提条件。

一个自视甚高的女生，要到凤毛麟角的优秀男生里去选择，成功的概率自然会降低。更何况，眼下的社会，关于出色的标准，已经越来越单一。

如果换一个角度，问问自己的内心，会不会有所不同？比如，“经历过求不得”，是因为对方高攀不起或者故作姿态，还是自己一开始就没确立正确的目标？“没有特别大的意愿再找对象”，是因为茫茫人海的万分之一没有出现，还是自己预期的爱人本就不甚真实？

理想总是丰满，现实却每每骨感。除了坚持，我们也要理智。碰不到对的人，常常是因为改不掉错的自己。

你问“为什么人家就那么容易”，其实，没有一段爱情是容易的。单身有空虚的时刻，走马灯似的换恋人，也是重复循环的可怜。也许爱情令人疯狂叫人着迷的地方，源自那些不确定。愈是如此，能够确定的部分，就愈是要洞明。而自我，可能是其中最重要的环节。

如果钻石王老五只在天边，如果帅气多才又一心为你的男生只在影视剧里，接触一些并不排斥的“潜在恋爱对象”，未必是坏事——只要你还有尝试的愿望。

臆想的疆域里才有圆满，实际的情感要靠双脚去探索。终其一生的爱，鲜少是金风玉露一相逢，便胜却人间无数。更多时候，一个有准备的我，去寻找一个经得起磨合的你，才是普世的主题。

不必害怕麻烦，在自我与世界的相处中，无论相爱或者单身，无尽的难题还远未到来。同时，也请相信，破解之后的无上喜悦，早晚会向你招手。

notice

在各种孤独中间，人最怕精神上的孤独。

——巴尔扎克

chapter 3
你在什么时候
最孤独

最后的玩家 问: 兴趣不同，和周围的同学渐行渐远，有一种被孤立的感觉，但自己又很清楚其实是自己不合群，独来独往是潇洒也是无奈。后来有段时间刻意和同学们一起打游戏瞎扯淡，想融入他们。但这样的生活带来的是更巨大的空虚和孤独，甚至有一种要被吞噬的感觉，真不知道该怎么办。

杨雍 答: 孤独从来就不会毁掉一个人。把自己的头奋力塞进一个不适合自己的圈子，佯装自己不孤独才会毁掉一个人。

那些在大城市漂着的人儿，
那些一人独居的男男女女，
这些年你过得好不好，
岁月有没有改变你的模样及灵魂？

一个人住这些年

达达令

因最近公司的新项目有所增多，所以加班的时间从之前的正常十点延迟到了现在的夜里两三点。深夜回家，一个人打车会有意识地拍下车牌号，然而并不知道发给谁——不能告诉父母自己这个点才下班，这会让他们担心甚至恐惧。而往往夜里这个点朋友们都睡了，于是照片存在手机里成了安慰。

回家路上的车里不是最害怕的，最害怕的是下车那一刻，要从小区的门口走到自己租住的那栋楼。先是经过一个停车库，黑压压的一段隧道仿佛比什么时候都要长；然后是几栋楼房，它们整齐而冰冷地屹立在这个连一声虫鸣都没有的夜空里，半夜时分整个小区安静如水，连小孩的哭泣声都没有。

走进电梯，看到光亮的广告牌里反射出来的自己，一张粉底被油光晕掉的脸。到了十楼，还得经过很长一条过道，才能走到自己最靠边的房间。

拿起钥匙开门的时候总是小心翼翼，害怕隔壁房的邻居突然冲出来。说是邻居，其实是一堆人，而且是清一色的男人。隔壁房貌似是公司的员工宿舍。有次大门开着时，偶然看到里面很多个上下铺的床，堆满行李跟杂货，还有横七竖八的酒瓶、散落一地的花生米以及被嚼得稀巴烂的毛豆。

楼道的灯光很弱，有时候需要很用力地跺脚才能声控亮灯，不敢叫出声来，害怕影响别人，更害怕招惹别人。

有天夜里，隔壁那一堆男人不知道是喝醉酒了还是怎么的，一直“砰砰砰”地拍门。我知道那是他们在敲自己的门。可是一墙之隔的我，觉得那就是在敲自家的门，掺杂着吵闹声，令人惶恐不安。

周末想给自己做顿好吃的，打开冰箱时发现什么都没有。饥肠辘辘，昏天黑地，实在是没力气再走到很远的超市或菜市场买菜，于是叫外卖。一般两个菜的价钱才达到起送的条件，通常情况下只吃一个菜，留一个菜到晚上吃，又或者次日打包带到公司当午饭。

一个人久了，不大喜欢回家，因为家里没有什么可以期待的。睡觉时，不敢关灯，床前那盏灯会整夜亮着。有一次试过想把灯关掉，可是笼罩在巨大的黑暗中时，心里开始紧张，一阵阵不自在袭来，无法入睡。没办法，必须把灯重新打开。“啪”的一声，灯亮了起来，呼吸也开始均匀起来，就像烟瘾发作的疯子又抽到了一口，满足至极。然后搂着被子终于入睡。

调休放假的时候在家待着，看到搞笑的电视剧大吼一声，吃到好吃的饭菜大笑一阵，哪怕是早上起来发现阳光很好，伸个懒腰想赞美一下生活，突然发现身边连个可以分享的人都没有，

于是愉悦感又瞬间消退了下去。

有时候觉得这个屋子寂静到可怕，为了调和一下这种诡异，会打开下载好的电视剧。其实并不会去看，只是任凭其声音萦绕于耳际，依然看书、洗澡、做饭，并不过多理会。有一段时间把《还珠格格》从第一部到第三部循环放了五六次，终于有一天连这个也听吐了。于是心里寻思着，这次要找一些有十季以上的美剧来听一下。

每次去超市购物的时候，告诉自己不要挑太多。可随便一挑又是两大袋，左右手拎着巨重无比的东西，一步步往所在小区走，万一路上遇到个大雨，那是跑也跑不起来。然后只能任凭雨水淋湿全身，看一眼脚下，心里暗自庆幸：还好，今天穿的是平底鞋。

以上是我的闺蜜 W 姑娘的日常，去年研究生刚毕业的她，在上海最贵的写字楼里穿梭上班，这是她一个人住的第一年。她跟我说："尽管我知道一个人磨炼自己是有好处的，可是我真的孤独。我从来不觉得自己可怜，我真的只是孤独而已。"

下面是另一个人的日常。

刚到广州第一年时，找了个八百块的单间，破旧的阁楼，被房东隔成好几个房间，但毕竟也算是有自己的空间了。

职场第一年，除了第一天参加同事们的欢迎饭局，其他时候都是自己回家做饭的。我总跟别人说自己喜欢做饭吃，其实是我真的没什么钱。

每天下班，赶路线最近的公交回家，去菜市场买菜。一把青菜加一小块肉，不超过十块钱。回家洗菜，肉切丁，青菜跟肉炒完，会加一小碗水，水开后加半包榨菜，敲一个鸡蛋，无需放油，撒一丁点盐，一个清汤出锅了。

端菜出厨房的预设桥段，是有个人摆好桌椅碗筷，等着你的菜摆上去，然后加一句："哇！好香啊！"然后有人盛饭，有人倒饮料，还有人吵着："我好饿，我先开吃了哈……"

可是，这一切，都没有。房间太安静了，倒是隔壁房间的锅碗瓢盆声此起彼伏。于是惯性地打开电脑，随便点开一集《快乐大本营》或者《康熙来了》。这一期的主题是什么，请来的明星是谁，我都不在乎，只要他们笑得很大声就好了。

周末，因为没有多少钱，最大的娱乐就是出门买些零食跟水果回来，待在屋里看电影。天气好时，会一大早起床，拆开床上的被套，把被褥拿去阳台，拎一把椅子出来，被褥就搁上面晒了。然后把换下来的脏被单浸泡半小时，再来回揉搓，过水清洗。因为没有洗衣机，所以要把洗好的被单放在桶里，先把一头的水拧干了，再换另一头拧干，然后晾晒。

晚上，被褥被单一起收回来，阳光的味道扑鼻而来。想着以前自然课堂上老师说其实这是螨虫被太阳晒死之后的尸体味儿，也不觉得恶心，因为这是整个房间里最让我欢喜的味道了。

有段时间一度感觉这种安静的状态很是令人恐慌，于是邀请同学来陪我小住一段，然后我发现所有桥段都不是我所预设的那样。下班需要买两个人的菜，还要打电话给同学问她今晚要不要吃饭，加班到几点，明天要不要带午饭；饭菜从厨房出锅的时候，也没有人摆好碗筷等着我。同学依旧在沙发上玩电脑，一边吃着一边想聊点上班的新鲜事。同学突然来一句：“啊呀！你煮的这什么玩意儿，太难吃了……”

周末想跟同学一起出去逛街，她回答说：“好累，我还是在家里窝着好了。”于是我一个人出去了。快下午的时候同学电话过来：

“你什么时候回来呢？要不要我去买菜啊？”

“我不回去了，你自己吃饭吧。”

“那怎么行，我住在你这里什么也不做多不好意思呀！我还是去买菜吧，可是我也不会做啊，要不你还是回来吧……”

挂断电话，我回去做了那一顿饭，然后把同学请回她自己租的房里去了。然后我一个人收拾碗筷，打扫房间。电脑里响着综艺节目的特效声，回想起这半个月里刻意为之的两人生活，从一开始为了得到陪伴，结果发现协调沟通磨合是件艰难无比的事情，然后自己开始妥协，一让再让。

嗯，同学她没有错，我也没有错。

算了，我又开始了一个人的生活，只是终于不再慌张，也不再害怕。这一次，没有人跟我抢卫生间，没有人跟我抢任何东西，家里的摆设我想怎么布置就怎么布置。我想收拾干净就可以各

种做家务跟打扫，累的时候什么家务都不做也没有人指责我，我不需要跟任何人协商，老娘高兴怎么样都行。

我换了一张更大的床，放一堆喜欢的书在床头。衣柜里的衣服错落有致，不想洗的衣服就先堆到一边。客厅里铺了一层榻榻米，高兴了就抱着被子到客厅睡。上网看电视的同时还能吃零食。沙发上放满了各种外出时带回来的手信，还有节假日别人送的礼物。嗯，所有的地盘都是我的。

周末时出去跟同事小聚，我尽量要求他们能送我到家。当然如果不行，我就一个人走回那条黑乎乎的小巷。遇上陌生人搭讪，不说话就好，或者是假装自己在打电话，很大声地说话发笑。顺着楼道的夜灯边敲门边假装家里有人，然后开门。

有天夜里遇上这栋楼的一个男生刚下班，推着自行车往里走，他问了我一句："今天这么早啊！"我心想着："我不认识你啊。"换作是以前的我，也会回陌生人一个礼貌的笑脸。可是我太累了，一开始会觉得不好意思过意不去，可是日子久了，心想着这里的租客谁不是来去匆匆，算了，不认识也罢。

一个人看电视剧，一个人听歌，一个人煮三四个菜，爱做什么菜就买什么菜，然后拍照发朋友圈，想想就很是霸气。

这一段，是我的闺蜜 L 小姐的日常，这是她一个人在广州的第三年。

她告诉我："不愿再去想第一年自己是怎么过来的，或许是为了解决生存问题，挣钱的驱动力盖过了孤独的感知力。

“真正的难受，是自己挣了点小钱，有时间思考人生时反而开始慌张起来。好在这种慌张，通过尝试跟同学同居半个月，瞬间获得了解决。我发现自己是适合一个人的，前提是我接受了一个人也能把生活过好这件事情。其他的慌乱也就顺其自然解决了。”

我接着说。

我住在郊区的一个小区，虽然上班有点远，好在小区环境很好也很安全，房东也很是友好。家里有什么电器坏了，我去找工人修好，然后告知房东，她下个月就会在房租里少收一些钱。

刚开始时很糟糕，不会做饭，平时下班的时候也不想回家，到处找同事出去吃饭；周末时能找朋友出去玩就出去，这样吃饭的问题就解决了。可是毕竟每个人的生活不一样，遇上没有人陪同吃饭的日子，就在公司楼下随便吃一点。周末更不用说了，外卖的菜很不好吃，将就着吃几口就没胃口了。有时候觉得很是可怜，别人的假期是欢喜，到我这里就是郁闷和担忧。如果我跟别人说自己喜欢上班，估计会被人打死的。可是真是这样的。

家里饮水机没水了，一定要拖到周末白天的时候才打送水电话。送水工上来时，我要把电脑里的电视剧开得很大声，然后穿一身很丑的运动服，蓬头垢面地开门。尽量准备零钱，不给更多交流的时间。

遇上生病的时候尽量买药，能不去医院就不去医院，在家好好睡着就行。曾经去过医院，一个人挂号，排队等候，进去给医生确诊，然后出来又是排队交钱，最后才排队拿药。麻烦至极。我害怕医院这种地方，尤其是一个人去的时候。看身边人穿梭来去，产检的孕妇、生病的姑娘、体弱的老人，身边都有人陪伴；而我却在嘈杂声里，忍着头痛无精打采地等候排队。一般到了这个境地，即使是普通的小感冒，也都会因奔波而大病一场。

家里放很多零食，想着夜里饿的时候能缓解一下，可是很多时候也吃不下。最欢喜的时候是换被单，买几种颜色的四件套，轮着换。每当将散发着洗衣液香气的被单铺开，闻到阳光晒过的味道，才觉得这个屋里多了一点新鲜。

夜里睡觉时也会失眠，感觉这样的日子望不到尽头。天花板黑压压的像一面巨大的镜子，折射出这个年轻肉体中孤独飘浮的灵魂，还有一张有些压抑写满迷茫的脸庞。

我试着闭上眼睛，靠，镜子居然还在。

这一段，是我的同事 Y 小姐的日常，这是她一个人在深圳的第五年。确切地说应该是 Y 小姐在深圳前三年的日子。

她告诉我："最难的那段时间，是第三年。后来之所以开始习惯孤独并享受孤独，并不是自己多么伟大已经看开了这件事，只是觉得，既然日子总是要过的，而且不知道一个人这样要多久，那不如先把自己吃饱养好算了。于是身体开始变好，慢慢地，精神上也开始变好了。"

嗯，我要说的三个单身姑娘的日常，已经说完了。从第一年，到第三年，然后是第五年。她们是我日常生活的同伴，也是很多在北上广漂泊的男男女女的同类。我也曾经是其中的一分子。

起初有段时间连续加班很累，当时心里的奢望就是：给我一个可以舒服地躺在床上的下午，不管外面的天气是烈日炎炎还是刮风下雨，我只喝茶听音乐，天塌下来也不怕。

然后当我真的有这么一段属于自己的日子时，我开始明白，一开始是自由欢喜，然后觉得孤单，接着是怀疑自己是不是不会说话了。因为我经常一个人发呆，有时候打开冰箱门会愣很久，直到感觉冷气袭来才回过神。

没有人可以拯救你，于是我开始拯救自己，就像这三个姑娘在每一个阶段梳理自己一样，我竟然也这般挨过来了。这是我到深圳的第四年。比起以前想办法找各种同学跟同事聚会，现在更喜欢自己在家没有计划地荒废着。高兴时做一顿大餐，兴致来了烤一些蛋糕，偶尔还把各种豆子掺杂在一起看看打出来的豆浆是什么颜色的。

当然，最最安心的时候，还是坐在床上听音乐看书，读到感伤的故事任凭自己的眼泪流下来。有时候大姨妈来了，会提前煮好生姜红糖水，然后窝在床上看电影。有时会重复看同一部电影，甚至会莫名其妙地号啕大哭。一开始会讶异，后来喝了一口红糖水，才明白过来：哦，这该死的荷尔蒙。

总的来说，我是享受这样的生活的。

但，是过了很多年，才敢说出来的话。

一个人住很可怕，一个人住也很舒心。

当然这一切的前提是，你要明白，从害怕到习惯，紧接着感到孤独和恐惧，而后开始想办法拯救这种颓废，最后才是享受的状态。这里的每个阶段，缺一不可，你无法躲避，或跳跃。你只能学会一一接受，继而一一改善。

所以对于一个人的日子，我的建议是，千万不要让自己饿着，那样会徒生很多自怜的情绪。其次是摆脱颓废，避免更多的坏习惯产生。第三个阶段，是把日子过得好起来。

这两年的时间里，陆续送走了好些离开深圳回家乡的朋友。我会请他们去喜欢去的地方吃一顿美食，看一场电影，用一场仪式来告别，然后帮忙收拾行李，目送他们离开这个让人又爱又恨的大城市。

我不敢送他们到机场或者火车站，只送他们上地铁，看着转身而去的背影，来不及伤感。即使有眼泪忍不住流下来，地铁口瞬间汹涌而出的人潮，也会在瞬间淹没我哭泣的脸庞。人群中，我只能看见远远的，那一只举起来挥别的手。

他们总会告诉我："我不是不爱这里，我已经尽力了，只是再也没有勇气一个人坚持下去了。"

有人把这一切归咎于没有找到另一半。但是我身边也有已经升级为人妻人夫甚至爸爸妈妈的朋友，他们并不是没有烦恼，而是有了家庭后不再有时间让他们静下来思考自己是否孤独这件事情。

所以我总告诉我的这些单身朋友：“千万不要奢望通过寻找另一半组建家庭来解决这种孤独感。有时候我甚至觉得单身生活是一份礼物，它教会我们享受自由，也教会了我们如何去缓解并面对孤独。”

我们生来都是一条鱼，这个世界是一张很大很大的网。我们在这张或是工作或是生活的网里穿梭来去，以为会有很多同类在陪伴自己，其实很多时候我们都是独自存在于这片海洋中。朋友会来也会走，那个走进你生命的爱人不一定时时刻刻陪伴在你身边，而且随着时间推移，那种互相依偎也会在爱情慢慢退化成亲情的时候重回陌生。

那时候你还是孤独一人，如果到时候你才发现自己是一条孤独的鱼儿，会是一件很恐怖的事情。与其后知后觉，不如就接受当下这份乐得自在的、属于你一个人的日子，因为我们谁也不敢保证，将来你是会恨极了这段时光，还是会怀念这段时光。所以千万不要拿当前的这份心情，定义你对一人食宿这段日子的感受。

对了，Y 姑娘今年已经找到另一半了，她以前很期盼有个人陪她一起生活，煲汤做饭。现在当这个人到来的时候，这些手艺她自己早就已经学会了。

Y 姑娘问："我现在自己一个人也可以过得很好了。在我最需要的时候他不出现，如果是这样，那我跟他在一起的意义是什么呢？我为什么要跟他结婚呢？"

我回答说："我们这样倔强的姑娘，如果真要让我们决心嫁一人，那一定是我们自己已经明白了，我不是没你不行，只是有你更好，仅此而已。"

生活的神奇之处，不在于遇见多少看对眼的人，而是有可能会遇见很多教会自己一些事的人。于是你开始学会反思，懂得自己才是命运的主宰者。你独立而不依附于别人，但是你也有资格去依靠那些值得依靠的人。

从来没有人为你雪中送炭，当有一天你习惯了一个人，说不定，就会有人来锦上添花了。那些在大城市漂着的人儿，那些一人独居的男男女女，这些年你过得好不好，岁月有没有改变你的模样以及你的灵魂？

「一个」工作室 问：

你觉得最孤独的时刻是怎样的？又是如何度过的？

张爽：

此刻便是我孤独的时刻，正在看「一个」度过。

TsultrimGyatso：

年少时，不知何谓孤独，但自父亲去世之后，才知道所谓孤独就是你把自己孤立起来，拒绝给自己一个了解爱的机会，拒绝承认世事无常，附加许多无谓的期待和恐惧，而不能将生命作为一次应聘面试。

王思靓：

一个人在外情绪不好的半夜，咬着牙狰狞地在被窝里哭。

拾年：

最孤独的时候，就是开着电脑，拿着手机，明明所有人都在，可就是没有人联系你。这种时候，我都会想，是不是我太失败了。想着想着，也就累了，无所谓了。

谷子：

高四，进到陌生的班级，课间休息时不知道要干什么，就一个人在操场上转圈。

芍药：

毕业季，室友们都回家了，一个人在武汉实习。每天早上六点起，坐两趟公交车去公司，九点回寝室。努力了一个多月，却被领导告知：再做不好就换人。我对着吃了一半的凉面，号啕大哭起来，没给任何人打电话。哭了半个小时，哭完看到好友的 QQ 消息问：“在干吗？”假装无所谓地回复：“吃凉面呢，哈哈，你呢？”

木南：

二十岁漂北京，固执地以为可以征服一个人的世界，却遍体鳞伤。那时把感情看得很重，而对方却陷入了一段网恋。举目无亲的北京城，没有一个角落属于自己。喝酒，听阿妹号啕大哭，离开。那之后开始寻找迷失的自己。

Karen：

自己一个人做饭，然后自己一个人吃饭。

PAPPOT GIRL 问

或许是因为出身或者性格的不同吧，在与人相处时，好像自己很不合群，不受欢迎。在人际交往中，有强烈的被孤立感怎么办？

海螺姑娘杨美味 答

很久以前，番茄有和你一样的苦恼。

那时候，番茄也特别不受欢迎，总是被身边的朋友孤立、取笑。

樱桃说，水果不像水果的样子，一点骨气都没有，还被人拿来做菜，丢不丢人啊。

苦瓜说，蔬菜哪有甜成这个样子的？明明是水果还非要挤来餐桌，不苦的蔬菜都不是好蔬菜。

番茄躲在角落，委屈地哭了。

一旁的鸡蛋碰了碰她，说:“别哭了，是什么不重要，好吃才重要。我们俩在一起就是绝配。”

蔡蔡 问

你曾做过的最孤独的事是什么？

孤独的球头人牛长 答

前阵子，我下了个《模拟人生 4》。

玩过“模拟人生”系列的人都懂我要做什么。

我捏了个和前女友很像的小人，给她起了个前女友的名字，放在社区里。

然后我又捏了个自己，也搬进了同一个社区。

盖房子，找工作，赚钱，然后在公园里碰到了她，谈恋爱，结婚，快乐地生活在一起，生了一大堆孩子，一起变老。

最后我在这个大家庭的后院里盖了个静谧的花园，里面是两个人的墓碑。

听听小曲 问

听说你开了一家以“孤独”为主题的餐厅。

能说一下吗，你在什么时候觉得最孤独？

姬霄 答

读书时，因为害怕一个人吃饭，宁愿待在宿舍吃泡面，我觉得这就是孤独。每一个能够面对孤独的人都是勇者。多年后，我在广州开了一间叫“孤独美食”的饭店。每一个独自前来的客人，我都会与之聊上几句。他们中，有些人很享受孤独这种情愫，而另外一些则与我一样，各有各的孤独时刻：

离乡多年在外打工的中年人看到招牌走到店里，说，他很孤独。在广州，他挣得不多，没什么归属感，独自打拼时常感到孤独。本以为回到家乡会有所改变，却发现故乡的一切自己已经不再熟悉。家乡话不再流利，与朋友也没什么共同语言。他说，那一刻发觉，自己无论身处何地都找不到归宿，这就是孤独。

入职刚一年的职场新人说，他有社交障碍，始终不知如何与人相处，从陌生到熟悉要付出比常人多几倍的努力。今年因为公司效益不好，过完年他们项目组的同事几乎走掉了一大半。他说，孤独就是好不容易才熟悉的人，却必须不断告别。

再过三个月就要高考的女孩告诉我，他们班是重点班，全班五十多个学生都是学霸，只有她和她的同桌成绩垫底。她们约定不做书呆子，趁着年轻挥霍美好的青春。她觉得这样下去也不错。直到有一天老师在黑板上出了一道题目，几乎难倒了在座所有的学霸，而点到她的同桌时，后者施施然上台，漂亮飞快地给出了答案。她说，那一刻，她忽然发现自己是唯一的从未用功的学生，尤其孤独。

打烊前，一位年轻姑娘风风火火闯进来，手里捏着一张火车票，准备随便吃点东西去赶当晚的火车。异地恋很久，她终于决定放下工作，去男朋友的城市和他一起生活了。她说，孤独是当你猛然发现，异地恋压根儿不算恋爱，只不过是自说自话，跟幻想和期待调情。孤独是你以为对的事其实从来没对过。

最后是一对来毕业旅行的情侣，我问他们什么是孤独。他说，孤独是寂静无声，比如潜水时，或者深夜跑步时；她说，孤独是失去，是在最开心的时刻想到这一刻终将过去。

chapter 4

玻璃心、少女心、直男癌患者请到这边挂号

如何理性地对待暗恋？

怎样才能感动 TA ？

小姐、少年请留步！

本章节专治各种“蛇精病”。

巴扎罗夫 问： 爱情是如疾风骤雨一般突如其来的感觉吗？是一秒钟的心动，是一闪念的坠落，是无法复制也无法延续的瞬间燃烧吗？

勺布斯 答： 不，从来不是，爱情是责任。

我曾经遇见过很多人，他们追逐爱情，渴望自由，认真在意自己的感受，也从来不选择随波逐流。如果你问他们，爱情是什么？他们会告诉你，是心动。是在某一天的某一个时刻，偶然遇到一个人，怦然心动，有了想要靠近对方的强烈愿望。然后，爱情的故事就这样开始了。

我也有过这样一段时光。少不更事偏又喜爱刺激，内心的冲动开始苏醒，认为这个世界上最美好的事就是性爱。说不清到底是由性而爱，还是由爱而性。又或者它们本身就是那样纠缠在一起的，缺一不可。少了性的爱像无根浮萍，少了爱的性又让人感到空虚沮丧。无法准确解释的事且由它去，无论如何，爱情还是开始了。

欲望和热情交织，对未来的承诺和对现状的不满是从最开始时就埋下的导火索。没人知道它会在哪天引爆。但我们都知道，总有那么一天的。于是，我们一边享受当下，一边惴惴不安等待那一天的到来。后来慢慢长大，经历的事情越来越多，开始明白，爱情并非只是感受，而自由也并非想象中那样美好。也许当初的我们，根本就没有看清爱情和自由的模样。

爱情是一切发生的前提，但从来不是全部。而我们常常认为的自由，如同信马由缰，原本就站在了爱情的对立面。在这样的冲突中，我们和自己消耗着，把责难带给身边人。

时常会想：如果责任能让生活安稳，那么是否撕扯爱情的琐碎就会变少一些；如果没有争吵和猜疑，那么自己真正的感受是否也会好那么一点？如果让身体不再追逐所谓的自由，恪守对于身边一切的责任，心灵又是否会最终收获宁静？

事实是否如此，依然无解。但宁静的心灵，至少会让生活顺利一些。
只愿你的生活不会有争吵、猜忌和埋怨。
只愿恪守责任的你，每天在爱人的眼睛里发光。

「一个」工作室 问： 男闺蜜是怎样一种存在？

网友 答： 陈砚杰在路上：打着深层次友谊的幌子去占领一个人的情感高地。

台阶叶：有男朋友的义务，没男朋友的权利。

带你走大陆：走不到一起的理想男朋友对象，失去像失恋，拥有了却难过。最重要的是希望他能找到一个很好的女朋友却又希望他单身一辈子！

天引子 -：异性里面可以不化妆不打扮就见面的人。

冯思敏 Sherman：男闺蜜和女闺蜜的异曲同工

之处在于均可诉说心事，优胜之处就是男闺蜜是高质量的渣男检测器。除此以外，在他说你哭起来丑死的时候你还可以把鼻涕眼泪蹭他衣服上；在他偷穿你的动物睡衣卖萌时还可随你拍照发上网。想不明白男票们总爱吃女票们男闺蜜的醋，我只想说，如果她和男闺蜜有爱情，那么排到白头都轮不到你！

清子寒：就是什么都可以一起做，就是不做爱。

YuJIaLI_：如果不丑我就跟他在一起了……别赞我，我怕他看见了跟我绝交。

Mr_ 木柠檬先生：不管之前多腻歪，在他有了女朋友之后，你们也会往事随风……一百多斤的肉拱手让人了！

许情妮：友情以上，恋人未满。但绝不是备胎，是个很珍贵的存在，失去甚至比失恋痛苦。不想变成男女朋友，因为太贪心想要一辈子。朋友可以一辈子，恋人却往往互相伤害，变得老死不相往来。只谈心不贪心。有“你不说我不问，你想说我听着”的默契。即使各自有了男女朋友，还是能轻松相处。你走，我不送你。你来，风再大雨再大我都去接你。

薄荷蓝的绿 问： 最近追一个女孩儿，我感觉到她欲擒故纵的能力很强，可有时候也分不清她是真的在欲擒故纵还是没感觉。女生什么样的状态才能体现出她真的喜欢上你了啊？

恶童 1900 答： **No. 01**

她会把你在社交平台上的所有东西完整浏览一遍——从生日、星座、就读的大学、写过的日志、发过的照片到喜欢的颜色、爱吃的水果，总之就是要穷尽你平凡生命里的每一个细节。接着在聊天中会不经意间向你展示她所知道的信息。

No. 02

她会有意无意探听你的婚恋和情感状况。比如你在聊天中提到隔壁寝室的小刚又换女朋友了，女生可能就顺势问一句：“呵呵呵，你呢，怎么还不找一个啊？对了，上次在你朋友圈出镜的那个女孩是不是你想发展的对象啊？”在接下来的交谈中，女生会有意无意透露自己的择偶类型，这些标准大多跟你比较符合。

No. 03

她会开始在朋友圈发一些莫名其妙的图，配一些矫情的文字。你以为她是发给所有人看的，殊不知这是她为你特设的分组，她在心里已经百转千回，把你艾特烂了。

No. 04

她恨不得在你面前展示她所有的好，恨不得你能自觉发现她所有的好。如果你发来一张她的截图，并留言说“这照片，拍得不错哦”，她恨不得丢掉手中吃西瓜的勺子马上洗头去见你。

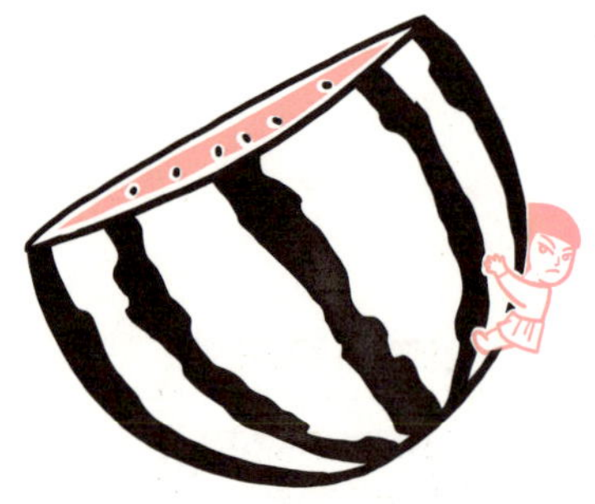

No. 05

时不时向你撒娇，给你发颜文字或表情图；时不时挑衅你，和你激烈地辩论某个问题——而这些，都是为了博取你的关注。

No. 06

其实一个女生喜不喜欢你，但凡你眼不瞎心不盲你总会知道的，除非你刻意告诉对方自己心里有个空房间，却又偏偏不想给她钥匙。爱，是求不得，是心所欲，是不切实际，是不可思议——这么一种神奇的东西，用心去感觉就好了，分析来分析去其实没多大意思。

No. 07

以上的回答取样于绝大多数女生的日常恋爱表现。当然也有一些剑走偏锋的，诸如我喜欢上男生的终极表现就是“你看今晚月色那么好，不如我们出门去吃夜宵吧”。

匿名 问：怎么样才能感动一个男生？

Merlyn 答：

安抚他心中的野兽，欣赏他脑里的梦想。

蛋奶星星 问： 身边好多人都是恋爱时会歇斯底里，失恋后会说再也不相信爱情，害怕再次受伤。愉快地玩耍真的那么难吗？怎样可以成为一个不败的恋人，愉悦又率性地和对方在一起？

沐沐 答： 不败的恋人，并不等同于不败的感情。实际上，也并没有不败的感情，不败的恋人却是有的。

不败的恋人，会认真而努力地对待感情，不让自己低到尘埃里，也不飞上天，全心全意地爱对方，也全心全意地爱自己，置身其中又身在其外。

他们在爱情中守护着爱情的纯度，也保持自己的独立性，即使感情失败了，人生不败。

传出王菲和谢霆锋结婚了，看到有王菲的粉丝说，她结不结婚又有什么差别？天后知道自己在做什么。

说得多有道理。不管王菲跟谁恋爱，她的感情，我们放心。

天后当年跟窦唯住在四合院里，倒尿盆，后来抽身退出。前夫李亚鹏在离婚时说，我想要一个家，而你是一个传奇。自由的王菲懂得顺从自己的感情，爱了就在一起，不爱了就抽身。然后依然在舞台上闪亮，依然可以爱得像一个少女。纵然在恋爱与婚姻中进进出出，天后还是天后，传奇还是传奇。

所以，保持自己的灵魂独立，就算恋爱之后分开了，就算结婚了又离婚了，也依然是不败的恋人。

把两个人放在对等的位置上，再说爱。在感情上卑微到尘埃里的人，就算步入婚姻，也是总担心对方离开，疑心对方有外遇。这样的感情从一开始就是失败的。同样，在感情上把对方踩在脚底下，认为只有这样才有安全感和主动权的人，总有一天也会有人揉碎你的尊严。

在一份相对平衡的感情里，保持自己灵魂的不败，就算感情来了又走了，还是会留下一些东西。

认识一个不败的恋人。

她是学姐，大一时跟班里一个男生谈恋爱。男孩爱喝咖啡，学姐研究咖啡。两年后，即使学姐可以做出最好喝的咖啡，男孩还是喜欢上别人。

后来跟一个日本留学生恋爱。两个人恋爱半年之后男生回日本了。两年异地恋之后，学姐去日本，在那里继续学习，工作，谈恋爱。半年之后两个人分开了。

再见到学姐，某跨国公司代表，气质优雅，气场强大，状态好得不得了。

聊起感情的话题，学姐拨弄着卡布奇诺上的叶子，若有所思地说：第一个恋人走了，留给了我妥协、包容和咖啡。第二个恋人走了，留给我独立、见识和日语。这些都让我成为更好的人，邂逅更好的生活。

恋情不怕失败，怕的是那个没能在一起的恋人，把对生活和爱情的信仰也带走了。感情的好坏，握在自己手里。在一份认真经营的感情里，离开的爱人，总是会留下另外一些东西。

曾看到燕公子写的一句话："一段恋情如果让你学会妥协、宽容、耐心、珍惜、温柔中任何一种，只要让你成为一个更好的人，就是成功的。”

爱情不会辜负一个认真的爱人，就像生活不会辜负一个努力的人一样。

一段感情无疾而终并不代表失败，就像一段感情步入婚姻，并不代表成功一样。所以，不要在感情失败之后说自己不相信爱情。在感情里没有谁能全身而退，但是每一次退出，都要让自己变得更好，像多了一副铠甲。

认真地爱，让自己成为一个更好的人，在感情中就没有什么可失败的。就算分开了，也只是证明这个人不适合你而已。

勇敢地爱，即使知道没有不败的感情，也要做一个不败的恋人，和另外一个不败的恋人恋爱。

就像徐若瑄在歌里唱的那样：“心可以碎，夜可以黑，I am not afraid，只有自己大声告诉自己，要做一个不败的恋人。”地球是圆的，所以找一个方向不停地走，一路走一路收获，总有一天，你会遇到你心中的爱人，收获一段不败的感情。

红豆沙沙 问： 男生为什么总爱嘲笑平胸的女生？这又不是我们能决定的事。不过我身边很多小胸妹子的男票还是会嘲笑她们，男生真的介意女生胸小吗？

陈谌 CC 答： 我大学时候交过一个胸很小的女朋友。

我刚和她在一起的时候其实并不知道这个事实，因为恰逢寒冷的冬天，大家平时穿得都很厚实，我也尚未练就隔着三四件衣服就能看出对方罩杯的能力，直到那个悲伤的夜晚来临。

那天吃完晚饭后我照例和她一起坐在湖边聊天，聊着聊着就开始做一些小情侣们日常都会做的羞羞的事情。在互相帮对方湿润嘴唇的时候，不知道是因为天太冷了手没地方放，还是别的什么原因，我脑子一热便颤抖着手解开了她的外套，把手伸了进去。

其实那是我第一次试图摸女孩子的胸，而且想把手伸进紧身的毛衣里并不是那么容易的一件事情，于是我琢磨着不如就隔着毛衣象征性地摸一摸算了，万一怀孕了就不好了，对不对？

然而，上上下下摸了一分多钟，我居然什么都没有摸到。
然后我女朋友最喜欢的那首《心墙》的旋律顿时在我脑海里回荡开来："你的胸前有一道墙，但我半天也没找到窗……"

回到宿舍以后，我整个人还是一种恍惚的状态，不是因为第一次摸女孩子的胸太兴奋了，而是憋了二十年好不容易有机会鼓起勇气摸一次居然什么都没有摸到，实在是悲伤得说不出话来。

发了一会儿呆之后，我给我一个哥们打了个电话。选择打给他是因为他发育早，我估计他摸女孩子胸一定也比我早，而且他手特别大，上面还有很多茧子，看上去就像是特别有经验的样子。

电话通了后他问我："怎么了，大兄弟？"
我抽噎了一下说："我发现女朋友胸好小。"
哥们说："没事儿，比你大就行了。"
我下意识地摸了摸自己的胸，然后哭得更伤心了："并没有。"
"那你就摸自己的呗。"

“摸别人和摸自己感觉怎么一样！”

“也是……不过兄弟，这我得劝劝你。你为什么和她谈恋爱？还不是因为喜欢她这个人？既然如此，为什么要在意胸的大小，对不对？你是找女朋友，又不是找奶妈，况且胸大奶量就一定足吗？都说上帝是公平的，胸小的姑娘，往往聪明可爱，因为营养没有浪费在这些没用的地方。况且，胸这种东西，不是一成不变的，你多摸就大了。坚持吧少年，不要放弃，摸摸大。”

听他说完这番话，我的心情释然了很多，但还是有些不甘心。

“对了，听说你最近也谈恋爱了，你女朋友胸多大？”

“也就 D 吧。”

然后我就把电话摔了。

这个故事基本就这么回事了。我原本想等到夏天到来了之后，听从我哥们的建议，做一个勤劳的农夫，日复一日地耕种栽培，直到果实收获的那一天。然而我和她并没有熬到夏天就分手了，但原因并不是我嫌弃她胸太小，而是她嫌弃我成绩不好。

确实是一个胸不大，却聪明上进的姑娘。

后来我又谈了几个女朋友，她们的胸有大有小，不过随着年龄和阅历的增长，我已经对这个东西不那么在意了。回想起当初居然因为女朋友胸小而悲伤到不能自已，不禁对自己曾经的庸俗羞愧万分。

很多人可能觉得我这是在撒谎，男生无论怎么成长，都不可能不喜欢胸大的女生。我必须得承认，如果说现在有一个胸很大的女生从我面前走过，我不可能不盯着人家看两眼，因为这是一种本能，但不同的是我不再会把胸的大小当作优势或劣势去评论，或者作为我个人喜恶的标准。

世道变坏是从人们取笑平胸姑娘开始的。可能人们在公开场合，只会把平胸作为一种自黑或者相互调侃的手段，但在媒体上，广告里，甚至大众价值观里，“胸大很重要”，“胸大是美的”，已经变成了一条默认的真理，这等同变相把平胸归类成了一种“缺点”，让很多平胸的姑娘变得很自卑，甚至寻求各种途径来让自己的胸变得更大更挺拔，来获得一种认同感。

尽管很多女权主义观点认为，女人有让自己变美的权利，这是她们的自由，但我却觉得其实她们忘记了很多“美”的标准实际上是男权主义的标准。就比如这个胸，我始终认为大胸，或者“大而无当”的胸并不适合所有人，有的人贫乳反而显得更自然更可爱，

C
A
B
D

胸越大越好显然是一种男性主义的视角。

于是现在我莫名地对身边平胸的姑娘感到一丝怜悯。虽然她们中的很多人也挺自信乐观的，但这个世界确实对她们太不友善了，胸大确实已然变成了一项硬资本，就连开个游戏直播都能有更多的观众。

比如和我一起住的哥们每天晚上睡前都会打开手机里的游戏直播平台，但我知道与其说是看游戏直播，不如说是“看球”，因为女主播们的游戏画面往往还没有她们摄像头的画面大，绝大多数都是穿着暴露，顶着一对大到令你叹为观止的胸在那里发出阵阵娇喘，然后飘过的弹幕也不由得发出一声声惊叹。

每当这时，我都会拍拍他的肩膀告诉他：“早点休息，少看点这个。你平时上班这么忙，吃得也不好，我怕你营养跟不上。”

我时常想，这个世界变得美好的前提，并不在于所有东西都朝着美发展，而是定义美的方式变得不再单一，毕竟再无瑕的脸蛋再大的胸，一旦变得千篇一律，难免审美疲劳。我感恩这世间的很多东西并没有被下定义或者有一个可以量化的标准，否则多少事物将变得黯淡无光。

总之，说这么多，不仅是替平胸姑娘们发一声呐喊，也是对自己曾经犯下错误的一种救赎。不管这个世界是什么样的，作为一个男朋友，我没有让自己的女朋友觉得自己是美的，这确实是我的罪过。

因此如果上天再给我一次机会，我希望那天晚上和她之间的对话会是这样的：

“我胸小，你介意吗？”
“多小？”
“A。”
“A 挺好的，A 代表优秀。”

银翼 问： 开学后见不到暗恋的人了。感觉总是我在没话找话，言语都快穷尽了。请问，追女生时都聊些什么啊？

英俊门掌门 答： 聊她新买的裙子。聊她昨天的糗事。
聊误入宿舍的猫。聊她那个娘炮的同学。
聊她命途多舛的闺蜜。聊她微博抽中的电影票。

聊那个总是给她多打肉的食堂大叔。
聊那个脾气古怪的教导主任，和她最爱的歌手。
聊她爸妈偶尔的争吵。聊她小时候全家的旅行。
聊她长大的那个小城。聊她玩闹过的那片街区。
聊她早早结婚生子的小姐妹。聊她爱逛的小店。

聊她难过时流过泪的小路。
聊她撕毁、焚烧、收藏、保存下来的记忆。
聊她的生理期。聊她爱吃的巧克力。
聊她的梦想。聊她放弃时的痛苦。
聊她的困惑和茫然。
聊她身边围绕着的那些男人。

聊仍住在她心里的那个小女孩。

聊吻技。聊床技。聊口技。

聊她和你未来的生活。聊你们想去的城市。

聊陌生电话里的那个 Ta。聊聊是否还有必要走下去。

聊不能忍受的彼此的缺点。

聊到父母亲戚朋友全体出动劝你们。

聊儿子的未来和女儿的暗恋对象。

聊昨天做咸了的排骨汤和跑步时扭伤的脚踝。

聊家里新买的音响。

直到某天，儿子回到家，对你们说：我喜欢一个姑娘，我该跟她聊什么呢？你们相视一笑，无尽的默契。

你说：这个，不如跟她聊聊她昨天新买的裙子吧。

轮子君 问： 喜欢一个人，对方却对你没兴趣，是一种怎样的体验？

Xthejoker 答： 老师只能否定你的成绩，老板只能否定你的工作。但是她呢，把你整个人都否定了。你的勤劳勇敢、高大帅气，你的博古通今、风趣幽默，对她都不构成意义。

你小心翼翼地示好，精心准备的礼物，背地里琢磨了好久的冷笑话，都并没有什么卵用。

你把自己的好用心雕琢反复修饰，包装华美双手奉上；她低头看了看，耸耸肩：好像不是我想要的呢。打败一个人有时候就是这么简单。

Jennifer 问：男朋友在女朋友面前行为幼稚是什么心理？

和男朋友恋爱一年多了。他平时是一个很稳重成熟的人，包括待人处事和工作；但是每次跟我在一起，都显得特别幼稚，比如他会用两种奇怪的声音自己跟自己对话，走路的时候唱儿歌踩线数格子，总是蹦跶着拉我去逛玩具城，像个小孩一样地跟我卖萌。这是什么反常心理？

风月魂 答：我戴上所有的面具承受这个世界，只将内心的纯真幼稚留给你。

notice

欢迎来到现实世界，它糟糕得要命，但你会爱上它的。

——《老友记》

chapter 5

你去银行
取很少很少的钱

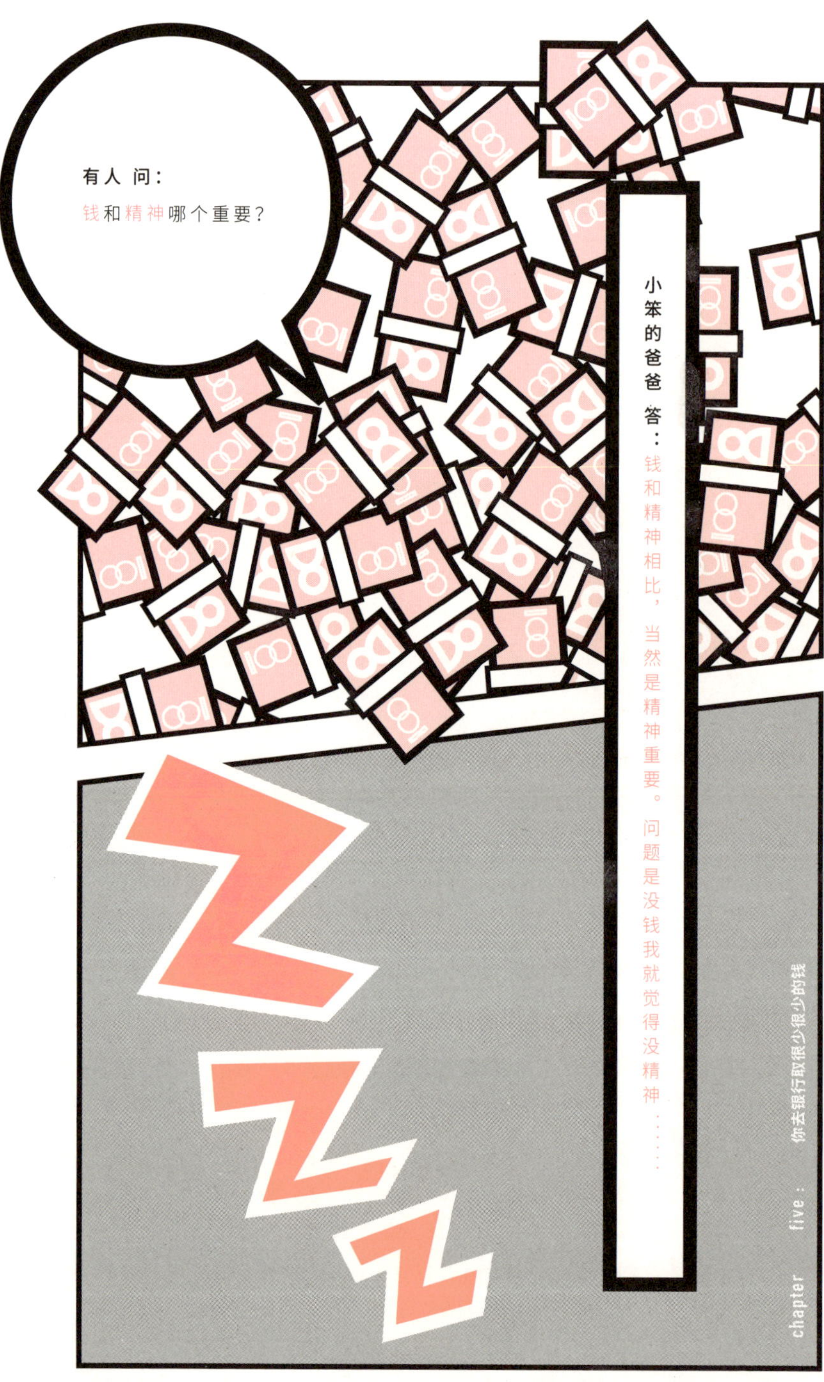
有人 问：
钱和精神哪个重要？
小笨的爸爸 答：
钱和精神相比，当然是精神重要。问题是没钱我就觉得没精神……

你一定要有一点儿钱，
用来让你不爱的人滚蛋，
用来让你和难缠的老板说再见，
用来让你喜欢的人不受委屈。

我爱钱

张晓晗

亲爱的熊孩子：

最近接受了一个采访，被问到一个很有趣的问题，是记者关掉录音笔之后问的。她说，你好像没写过穷小子的故事，你的书里都是纸醉金迷的气息，你想没想过这件事？她问完之后，我很认真地想了十秒，说其实我写过，但是你看，大家只记得总裁们的爱情生活和奋斗史，写过的穷小子都是过眼云烟。而后我们心照不宣笑起来。

真不公平啊，为什么会这样？我心里这么想着。

我是朋友圈里公认的最会赚钱的家伙。其实我没那么会赚钱，不过大家这么觉得我很高兴，至少显得我是个特别幸运的家伙，不小心碰一下我胳膊都能出去捡个钱包似的。家里人也这么看我，没有经受什么辛酸的过程，年纪轻轻该有的都有了，想要的也能买得起，一副少年得志的样子。当然，所有的得到都要经受百倍的付出，这些我不想渲染。只是想让大家想起我时，总是那个在兴高采烈冲进餐厅门时都会说一句“把最贵的香槟给老娘打开”的小贱人。

亲爱的宝贝，不知道你几岁时，会了解到世界上有“钱”这种东西；你又会在几岁时，因为辛苦付出，有了第一笔收入（我也不指望你拿第一笔钱给我个礼物什么的）。但是你要知道，无论你贫穷富裕，疾病还是健康，永远陪伴你的不是你的先生，而是“钱”这种我们说不上好坏的东西。

1
2
3
100,000,000
70,000,000
70,000,000
4
5
6
60,000,000
60,000,000
80,000,000

我曾在无数个夜深人静的晚上，幻想自己的小孩生下来就是会看股指的天才儿童，跟万磁王似的，一辈子走到哪儿钢镚儿都往他身上飞。那么他这一生注定可以潇洒自在，不受牵绊，做点真正为人类为宇宙为自己的牛逼大事。愿望永远美好，奈何现实总是残酷。所以，为了你不至于穷到赖我家里，老娘不得不讲讲我以“拜金小姐”身份生活的故事。

十九岁就进入浮夸虚荣的影视行业，直到现在的几年间，经受了中国影视行业前所未有的热钱涌动。前几天我都已经听闻某个一线女明星参加真人秀开出一亿的天价（在你那个时候不知道一亿算多算少，反正现在是可以气死很多大老板的价格了）。在这种环境里生存，好的地方是，我这样闲云野鹤的性格，也可以脱离贫困线；不好的地方是，我在非常小的年纪，就明白了名利场的残酷。

前两年合作过一个才华横溢的导演，是个没拍过长片的新人。我看过他的毕业作品，有趣又有想象力，直到现在我都觉得他是我们这个年龄最有才华的导演。我和他一起进组工作，一周后，制片人想尽办法也要把他换掉。我不明白为什么，去问制片人。制片人说，他也太夸张了，什么都要报销，吃近千元的饭，买了两条很贵的烟也拿来给我报销，这是工作的样子吗？他太不珍惜机会了。

我也觉得这样做欠妥。就直接去找导演，质问他为什么要这样。他说，不是都说好了吗？工作期间的一切费用都是剧组承担的。我说，那你也不能这样啊，全剧组报销，你干脆去天上人间好了！他憋了半天，很为难的样子，支支吾吾才说爸妈来上海看他，自己这么大了，从来没让家里人吃过好的，就去下了顿贵的馆子，临走时就买了两条熊猫烟让爸爸带走。我说，就算这样也不行啊，等你厉害了什么逼装不起，你现在这样别人怎么看？我连开会打车的出租车票都没让人报销过。

他说：我和你不一样啊。世面你都见过，我没见过，我也不知道我以后会不会见到了。我没有再说话。我觉得他这样不好，但又发自内心地理解他。这种龌龊和自卑的想法，谁都曾有过。大学时的男朋友要带我去吃一顿日本料理，我都会提前在家饿着，就躺在床上，看书或者盯着天花板，什么都不干，静静等待这顿大餐的到来。日料真的很好吃吗？不见得，我只是觉得吃掉的每一口都价格不菲——我像个贪心的老虎机，想吃掉更多钱而已。

我也跟男友要过一个包，什么自尊都不要了，在众目睽睽下像个小孩似的哭闹，只是想得到一个包。是因为我特别虚荣吗？或许是。但我想，更多的是，我以为自己不会再拥有了，我以为这个包，就是我的巅峰了。

我不敢预料未来。可能因为那次的经历，以后我每次赚到一笔钱，都会去买一个价格不菲的包。我不是精挑细选地买。我穿最随意的衣服，闲庭信步般地走进冷气充足、气味好闻的商场里，所有营业员都不看我一眼，直到我随手指向柜台，说我要那一个，大家的目光才会投向我。谁知道，我这一刻报复式的消费，藏着多么虚弱的心情。

在我拥有了更多名牌包之后，这个包是我最早送给别人的。不是我不喜欢它了，我喜欢它，它对我太重要了。正是因为它的重要，才让我时刻记得，得到它的过程如此不堪和耻辱，我只是想快点把这段历史也拱手相让。

后来那个导演被换掉了，因为其他冠冕堂皇的原因。他走的那天拎着一个缺了个轮子的行李箱。他特别胖，走起路来总给人一种腿脚不利索的感觉，我看着他磕磕绊绊地把箱子搬下楼梯，

好像过了一小时那么漫长。

我坐在远处的车里看他，却不敢上前说一句再见。从那以后，我再也没见过他，没听到任何人提起他的名字。我看着他就这么走远，在路边拦车。我发给他最后一条短信是，以后好好混，混好了就没人再敢这样对你了。他没有回复我。

这件事让我发自内心地难过了好久，我甚至后悔，为什么没能帮他做一点事，虽然说出来的，可能都是不被理解的辩驳。巧的是，今年我又遇到了差不多的经历。也是一个才华横溢的家伙。我看过他的作品，非常喜欢，想和他有工作上的合作。没见到他之前，已经听过他一水儿的恶评。讲他如何以写剧本的名义在海边酒店里挥霍制片方的钱,讲他如何落魄穷困在别人家蹭住，诸如此类。

因为听到过这些，我和他吃饭时就小心翼翼——我是个不擅长面对尴尬的人。整个饭局结束，我看着桌上剩下的菜，说，打包吧，晚上还能当宵夜。他说，别打了。我说，我打，我回家吃。我跟餐厅要了三个打包盒。他抽着烟盯着我把菜装进去，说两个打包盒就够了。我说，好，那就用两个。我把两个菜塞进一个盒子里，同时，他把剩下的那个塑料盒拿起来，走去前台，和前台理论了几句，前台退给他一块钱，他攥在手里。我赶快低头假装玩手机。直到他去公交车站，我拦到车和他告别，他都没把攥着的手松开。

一上车我就难过得有点想哭。我很能明白别人讨厌他的原因，但是我更明白他的委屈。小气可能是一种劣根性，但是大方绝对不是一种天赋。绝对不是。

我鼓起勇气让司机停下，转身跑回公交车站。什么都没铺垫，劈头盖脸对他说了一通：你要做好的东西，不能放弃这个原则。

我知道这么说可能有点伤自尊，但你一定要记得，以后不管和谁工作都得大方，装也得装出来。你缺钱可以找我借，我欣赏你的，愿意和你合作的，我相信你一定能混好的。他傻在那里，我不知道他内心的想法。很自私的是，至少我心里释怀了一点。

我们这一行总是这样的，在太多身价上亿的明星的光环下，也有太多永远不得志的小喽啰。见过为了一点钱撕破脸的朋友，因为一点利益办不成的大事。我也有很多境遇不佳的时候，就躲在家里干啃着方便面想去哪儿找点儿活干，让自己快点好起来，呈现出小气委屈的样子。没人会好好揣摩你背后的心酸，只会留下一个“那个家伙从来不埋单啊”的糟糕印象。

钱在很多时候是很坏的东西，它让我们迷失自己，让我们忘了自己赚钱的目的。但是很多时候，我用它们，帮助自己有所坚持，帮助家人渡过难关，帮助朋友找回一点尊严。至少这点臭钱，让我们可以少低点头，能做喜欢的事。

在书里看过富兰克林讲过的一句话，口袋空空的人直不起腰。因为这样必然会求人，必然会志短。

物质是我们保护自由的围墙，是让我们能够独来独往的交通工具。所以，亲爱的宝贝，你一定要有一点儿钱，用来让不爱你的人滚蛋，用来让你和难缠的老板说再见，用来让你喜欢的人不受委屈。你大可去吃烤串儿，买地摊货，坐公交车，收集优惠券，约会时就买一根冰棍儿两人分着吃，当别人问你为什么要这样的时候，你能勇敢地回一句：我乐意，你管得着吗？这笔钱用来给这个肤浅的世界看，让它知道，你不是好欺负的，你是可以做自己的。

但是亲爱的宝贝，无论有多少钱，请永远不要忘了，你为什么要有钱。它只是你的底气，并不能成为你所追求的全部。这篇文的主题为“我爱钱”，是台湾主持人曹启泰一本书的书名。他当时阐述这三个字的时候说，先有“我”，然后是“爱”，最后才是“钱”。

宝贝，努力去成为一个可爱的有钱人吧。用李敖大师的一句话来结尾：“要在这个基础之上，你才能够说，我一辈子的志愿不是吃饱穿暖就算了，我还有更高更伟大的志愿呢。”

爱你的老娘 张晓晗

「一个」工作室 问：
做人到底要不要省钱？
丁丁张：
省什么省？我的人生里唯一的省是我来自河北省。
韩今谅：
新款正版秒杀，显瘦减龄百搭。缺货下架断码，潸然泪下，剁手人在曝牙。
刘音希：
有一百万给你一百块的不算什么，有一百块都给你才难得。
熊德启：
从前有个特别省钱的人，长大以后，就当上了省状元。
慢三：
对于男人而言，想省钱最好的办法就是把女朋友变成老婆。
鞭具蛋挞耀一 答：
盒子还是要留着的，万一垃圾桶满了呢？
苏更生：
生年不满百，何不买买买；人生苦短，买买买买！
江西周冲：
你说，你有哪一点配得上我的钱？
吴惠子：
省自己的钱，又不是省男朋友的钱。
方慧：
只买非买不可的东西，只爱非爱不可的人，才配有一个不将就的人生。
姬霄：
为了反驳而去反驳的人生阶段，总会在你有了钱以后戛然而止。

天涯午歌：
省钱这事跟怀孕挺像，
得过段时间才能看出成果。
天涯蝴蝶浪子：
把钱包打扫干净，
让更多的钱住进来。
凉炘：
闭眼咬牙点击付款的人，
来生要吃五百个鼠标哟。
锦衣游顾颖：
总有一次走在时代前沿，比方今天你参与了本
世纪最伟大的发明——网购。
陶立夏：
做不了省油的灯，
可以做省钱的人。
荞麦 chen：
『省』这个字拆开就是：少看。
意思就是要多买。
Young 杨杨：
难看的人还在购物车里犹豫，
好看的人已经付完账，在等待收货的路上。
陈谌 CC：
花该花的钱，能不 AA 制，就尽量让别人请客。
咸贵人：
天天买买买！何时省省省！
内附一把菜刀，自行剁手吧！
郑执：
省钱是为了娶媳妇，
但娶了媳妇不是为省钱。
淡豹：
只要囊中不羞涩，就没
有什么是求之不得的。
刘墨闻：
今天剁的手明年会再长出来，
今天花的钱一去不回来。

糊兔兔 问

有人说你怀着怎样的态度去生活，生活就会给你怎样的回馈。人生由很多选择的瞬间组成，而我们在面对物质生活和精神世界时，到底该做出怎样的选择？比金钱更重要的东西是什么？

张皓宸 答

活了二十多年，见识过高山流水，片面懂得什么是真的快乐，会有觉得时间不够用的时候，也感叹过人要拥有健康才经得起后半辈子的福报，因此觉得，比金钱更重要的是……很多金钱。

我不是一个视钱财如命的人，但现阶段仍觉得金钱是最可靠且摸得着的东西，而且随着欲望不断升级，对钱的需求用蔡健雅的一首《无底洞》可以高度概括。

很多人说金钱买不到时间,但其实没钱的时候,我们最会花时间,花时间用最省钱的交通工具旅行，花时间为几块钱的事跟别人讨价还价，花时间愤恨为什么世界存在不公平，而自己潜意识中又想变成上帝偏袒的那方。

如果有钱，可以省去很多用掉的时间。

也有人说比金钱更重要的是健康、快乐、爱情、自由，但很不幸地，这些东西都是建立在经济基础上的，它们最多只能说跟金钱同样重要。良好的经济基础,确实能带来无限的自信,机会,相对意义上的自由，不一样的爱情，更好的健康。你可以否认，那是因为你还在成为有钱人的路上。

生而为人最悲惨的，就是必须要接受社会给你的这个飘着铜臭味的交换法则，但很庆幸地，我们因此而活得有目标，能在犯选择恐惧症的时候，大声对自己说，我不选择，因为这些都可以是我的。

爱钱并不可怕，坦坦荡荡，光明磊落，它不是什么见不得人的事情。关键是要知道，如何努力才能获取它，把那些冷冰冰的金钱变成属于你自己的财富。

因为，人使钱变得“万能”。

Doris 问：

有一个这样的实验：在街头找到一对情侣，问男人支付多少钱，可以跟他的女友过夜。当真金白银递到情侣手中时，几乎所有人都会妥协，女人跟着实验者扬长而去。那么，在利益驱使之下，爱情是否应该让步？

大将军郭 答

我们始终歌颂真爱无价，我们一直宣称愿意为了爱情放弃一切，我们总说为爱而生，我们还亲自许诺无论贫穷疾苦都会为爱相许一生。可是在金钱和感情的交换当中，有人低下了高贵的头，跪在了利益膝下，出卖爱情，连同自己人性的尊严。

王尔德说过，毕竟除了诱惑，我们能抵挡一切。

没错，我们在风平浪静的日子恩爱共处，我们在困厄之时能打起十二分精神应对危难，相比而言，艰难和困苦会让我们携手一致、抱团取暖。但是，直面糖衣炮弹，我们却容易变得软弱，成为利益的砧上鱼肉。

这或许就是人性使然。因为贪婪，我们总想得到更多；因为侥幸，我们总以为自己可以躲避惩罚；因为懒惰，我们幻想不劳而获——在这场街头实验里，这些人性之劣我们通通都看得到。

多少钱可以买你的伴侣过夜？我无法揣测你们各自的答案，但是当你脑海中蹦出一个数字，而你没有再毫不犹豫地继续加码时，这笔虚拟的交易就达成了。你动摇的那一刻，就已经在你的心底出卖了爱情和人性的尊严。

有一部电影《不道德的交易》，讲的就是这样一个故事。大卫和戴安娜是一对恩爱夫妻，共同维系着一个不富裕但快乐的家。然而，无情的经济危机降临，两个人相继失业。绝望之中，两人带着借来的五千元来到赌场，孤注一掷，却输了个精光。此时，一个亿万富翁看上了戴安娜，提出要以一百万美元换取戴安娜的一夜。在痛苦的内心斗争后，两人同意了这笔交易。戴安娜对大卫说："你明白，我是为你而去的。"

大卫和戴安娜都以为只是寻常的一夜。一夜过去，什么都会忘记，不幸的是，他们无法忘记……因为之后的种种猜忌和失望，使他们无法面对自己，更无法面对彼此。一百万买来了富足的生活，

却出卖了最可贵的信任，以致戴安娜对大卫提出了离婚。不过，在一波三折之后，他们又破镜重圆，相爱如初。

这份持续的深爱不是因为他们选择性遗忘或是彻底释怀，就像大卫所说，“我原以为我们之间是牢不可破的。现在我知道了，相爱的人所做的事都会记得。他们若依然能在一起，不是因为忘掉，而是因为原谅”。

爱的升华难能可贵，是一百万、一千万也买不到的。虽然电影圆满结局，但我依然心生忧虑，有几个人可以做到真正的原谅和包容，又有几个人能在犯错回头后看见爱人依然在守候？

或许，我们这一辈子都不会遭遇如此赤裸裸的金钱交易。但总有些交易是涂脂抹粉后的金钱和物质，它们可能被乔装打扮成一份失不再来的工作、一次难能企及的晋升，或者一次一本万利的生意合作……

那就是我们常常听到的某男为了事业放弃糟糠之妻娶了富家女，

某女为了衣食无忧甩掉工薪阶层男友做了富太太……但愿他们都过得好，但愿他们放弃爱情、放弃曾经的坚持和承诺也依然过得好。

如果你也曾犹豫过是否可以偷天换日、神不知鬼不觉地用自己的肉体和情感去交换利益，希望你是自信和坚强的，自信到这一生都可以无悔那样的选择，坚强到今后的生活都能无愧于内心和情感。

在蝇营狗苟的生活里，金钱是必需品，物质是必需品，在所有必需且重要的生活内容范畴里，爱情是否已经无法罗列其中，只能沦为可以随时被交换和替代的奢侈品？那么人性的真善美呢？是否在物欲横流的诱惑面前，早已不值一提？

我多么期盼，无论我们曾多少次在欲望和利益面前驻足流连，却依然能坚持内心对爱情和生活的最纯洁的信仰，那是疲惫生活当中的英雄梦想，是你永远不会倾囊交换的人生底线，是我们能堂堂正正成为一个人的最根本理由。

庆幸的是，我们不是生活在实验或是电影里，暂且不必暴露在这巨大的诱惑中拷问自己。而在那些实验或者现实情境中，当他们真的为了利益暗自思忖，决定为此放弃爱情和人性之善时，那一刻，灵魂便已经出卖给了魔鬼，那个坚挺的“人”字已经倒塌，不是轰然一响，而是唏嘘一声。

notice

这世界并不会在意你的自尊。这世界指望你在自我感觉良好之前先要有所成就。

——爱因斯坦

chapter 6

当我们横在梦与现实之间

chapter six：当我们横在梦与现实之间

不相信、不要脸、不读书、
不愿意、不好奇、不做梦。

如何成为自己讨厌的那种人

宋小君

要成为自己最讨厌的那种人，大致可以分为六个步骤。

第一，不相信。

不相信二十来岁的姑娘千里夜奔只是单纯地欣赏你的才华，想和你在月光底下谈论诗歌和小时候。不相信一首情诗带给姑娘的满足感能远远大于包包和高跟鞋。不相信单单凭着三五句情话就能让好看的姑娘面色潮红。

不相信只靠着自己的热情、努力和本事就能让上司欣赏自己，夸大关系和马屁的作用。

不相信世界因为有了自己的存在会变得更好，坚持认为改变世界是偏执狂和傻子才要去做的事情，跟自己无关。

不相信自己真的能做成一个局面，在别人打败自己之前，自己先否定自己，并越来越精于此道。

不相信列在案头上的短期目标能达成，反而能不费力气地做到减肥让自己更肥，小腹和大腿赘肉丛生，亲热的时候肚子成为最大障碍。

学了十年英语，发誓要翻译一本大部头的英文著作，结果总是停留在前言部分。

跟女朋友说好了要穿越世界旅行，对着黄河做爱，女朋友买好了装备和情趣内衣，自己却始终一拖再拖，直到耗尽最初的热情。

不相信就算有地沟油、枪击案，世界始终存在美好的事物：

花一样的正在发育的少女；有才华有上进心长得又好看的邻家小妹；人老心不老穿着时髦谈论陌陌和乔布斯、最近又刚失恋的房东阿姨；立秋傍晚从河对岸吹来的风，春天早上不期而至的雨；一心想改变世界、埋头做手机、被人骂傻逼的产品经理；爱读书胜过爱逛街的女朋友；不抽烟不喝酒不玩网络游戏酷爱耍流氓、写情诗的诗人。

不相信一往情深胜过百般算计，不相信有人从一开始就想和自己白头到老。姑娘把身心都掏出来，自己却仍旧吝啬一张天荒地老的船票。

不相信爱比做爱更容易彼此接近，不相信姑娘喜不喜欢自己跟钱没关系，跟地位没关系，跟长相也没关系。

不相信努力和实力，却迷信运气。有一万个借口为自己的碌碌无为开脱，可以用三百种不同的方式嘲笑别人。一直临渊羡鱼，内心深处希望渔人空手而归；从不退而结网，却渴望着鱼儿从天而降。

不相信人生没有即兴演出，一切精彩都是憋出来的。

不相信整个世界有多黑暗，一根火柴就有多亮眼。

误以为不相信一切，怀疑一切，就是成熟的表现。

第二，不要脸。

明明对佛一无所知，却大谈“仁波切”，定期去西藏接受洗礼，每年进献香油钱，吃素，唯恐身边的人不知道自己信佛。总觉得唯有如此才能在做亏心事的时候得到佛祖的庇护。

过分虚荣，过分迷恋奢侈品，对世界的认知都透过孔方兄的孔。穿名牌西装故意不剪袖标，人前炫耀自己昨夜跟谁共进晚餐，明天约了哪位政要打球。时间拆分成秒，恨不得拿每一秒来换利益。

只要能挣钱，站着，坐着，趴着，躺着都不重要。

对爱自己的人索求无度，觉得一切理所应当，毫不珍惜。啃老。穷尽心智欺骗身边关心自己的人。自己混不好，怨天尤人。看到别人过得好，分外眼红。

极度自我中心，认为全世界都欠自己的。

在爱情里，穿着外套，戴着面具，从不肯拿真心示人。充分掌握了伤害别人的技巧，每一次自己都能全身而退。明明自己是施暴者，却总能巧妙地伪装成受害者。

第三，不读书。

言语无味，胸无点墨，时间长了不读书，自然而然面目可憎。

每个月唯一的读物除了朋友圈分享的心灵鸡汤，就是市面上最流行的时尚杂志。

慢慢失去理解汉语的能力。

对世界丧失了敏感的感知。

体会不到“衣上征尘杂酒痕，远游无处不消魂”的美。

读不出“红楼隔雨相望冷，珠箔飘灯独自归”的伤。

不能在下雨天思念一个人的时候背诵：

青青子衿，悠悠我心，纵我不往，子宁不嗣音？

青青子佩，悠悠我思，纵我不往，子宁不来？

挑兮达兮，在城阙兮，一日不见，如三月兮。

一日不读书，胸臆无佳想。一月不读书，耳目失精爽。

相思时不会用“忆君心似西江水，日夜东流无歇时”。

失恋的时候只能听情歌，分手时说不出“一别两宽，各生欢喜”。

不学诗，无以言。

言谈举止不优雅，不得体，不妥帖，欠缺人格魅力。腹无诗书胸有波也没用，没文化有钱了也是土豪。

不学礼，无以立。

遇到事情的时候，没有人生经验，只能硬着头皮乱闯，殊不知很多事情都是历史的重复。

看花犹是去年人，读史早知今日事。

第四，不愿意。

不愿意对爱的人说“我爱你”。

不愿意日复一日、年复一年地坚持同一件事只是因为我说过，我就要做到。

不愿意不求回报地付出，更多地想要索取。

不愿意把时间浪费在没用但美好的事情上：

譬如，和姑娘腻在一起，无所事事，挥霍青春，种花种树读书写诗；

吃妈妈做的菜，听父母唠叨，教他们如何使用 App；

不理会领导的饭局，推掉没必要的应酬，不去想财务报表，放空，发呆，看以前的日记，想些有的没的，意淫刚刚路过的长腿大胸的美女。

不愿意不为挣钱、只为自己爽而写作，讲故事，想一些别人不太想的问题：人所从何来，将要往何处去？研究文字可以达到的境界，创造世界，臧否人物。

不愿意接受新事物，新思想，新潮流。过分理性地拒绝一切改变。守旧，失去了接受改变的勇气。理解不了一家世界五百强大企业的 CEO 为什么公开出柜，接受不了女儿早恋，强行规划儿女的人生，做封建旧家长。

不愿意掏心，对待一切都马马虎虎，追求及格就行，过关就好。不在意细节，不愿意把事情做得完美。

不明白 5% 的细节，往往决定 95% 的成败。

不去想不朽和伟大，得过且过。

不愿意怀念过去，因为没力气，怕伤感，没时间。

不愿意展望未来，因为没勇气，怕失败，看不远。

做一切事情用“被逼的”替代“我愿意”。

第五，不好奇。

不去探究00后的女儿脑子里究竟在想什么，不想知道新一季的美剧结局到底会怎么样，不好奇“庞贝古城毁灭的前一秒是什么样子”，不追问“贾宝玉到底睡没睡秦可卿”，不想知道“为什么灯塔水母是不会死的生物”。

看到有人徒步穿越无人区会哈哈大笑，笑他们不作死就不会死。

听说有人穷尽心智自制了一架飞机结果飞了两分钟就坠毁嗤之以鼻，嘲笑他闲得没事怎么不玩蛋去？

读书有始无终。

读史不求甚解。

把姑娘简化成器官，不好奇到底是什么成就了姑娘的多样性。

坚信“好奇害死猫”，对陌生环境充满恐惧，总觉得多一事不如少一事，少一事不如没有事。不知道世界上有三个乳房的女人，没体验过在亚马孙上游撒尿的快感。

不旅行，不探险，不艳遇，待在家里，一叶障目，不见泰山，说一样的话，重复一样的日子，使用一样的姿势，一样生活几十年，一样不知老之将至。

第六，不做梦。

认命，认栽，自以为懂得了生命的真谛——务实精神。

找了诸多借口为自己的不做梦开脱。

老婆要买包，孩子要上学，上司脾气不好，精力有限，每天心力交瘁，有梦梦不成。

曾经说过“只要还能呼吸，就不会停止做梦”，现在恨不得连呼吸也省了。

曾经梦想浪迹天涯，现在只想着应付上司，哄老婆开心，出远门大多是因为出差，匆匆，匆匆，失去了“一生好入名山游”的心境，也没时间“细雨骑驴入剑门”。

年少时的豪情壮志开始陆续打自己的脸，左右开弓，啪啪啪啪，打得自己无言以对。

看着别人实现梦想，拍电影破十亿，“纽交所”挥锤，带着老婆玩极限运动，在世界最高点喊“× 你大爷”，自己也很淡定，叹口气，耸耸肩，继续埋头钻进自己的世界里，开始平淡无奇的生活，操心生活中的琐碎事，日子像是复印机印出来的，不惊险，不惊奇，但足够安全。

但做梦就太危险了。

为了证明做梦的危险性，举出一则笑话。

“初从文，三年不中；后习武，校场发一矢，中鼓吏，逐之出；遂学医，有所成。自撰一良方，服之，卒。”

从前有个爱做梦的人，先是苦读，考了三年不中。然后决定投笔从戎，当了兵，在校场射箭，结果射中了敲鼓的小吏，被暴打一顿，扔出来。爱做梦的毛病还是改不了，准备做个医生，很快就有了成就，自己写了一个绝妙的方子，想了想，用别人做实验不厚道，于是自己吃了，结果吃死了自己。

一个为梦而死的倒霉人就是做梦害死人的最好证明。

暗自庆幸，幸好自己务实，只活着，不做梦。

能完美地做到以上六点，就能成为自己最讨厌的那种人。

与诸君共勉。

药寮：

可以共存啊，
所以有“装纯”这个词啊。

黯殇玉儿 问：

什么是单纯？
什么又是成熟？
单纯和成熟可不可以共存？

铅笔阿 Q：

如果没记错，鲁迅解释过这个问题，他说单纯有两种，一种是没出过象牙塔的单纯，一种是经历了世事黑暗后依旧选择单纯的单纯。对我来讲后一种，就是成熟的单纯。

__ 你咬我啊 _____：

可以共存的，有一种人经历过很多，可以圆滑地处事，但没有被同化成世故。他们夸赞自己真的觉得美好的事物，那些不好的、粗糙的、令人生厌的，他们选择避开，以成熟的方式保护自己的单纯。

香菇馅饺子配醋一碟：

用谢君豪那句话来说最好啦：真正的单纯不是一厢情愿地相信世界的美好，而是千帆过尽之后依然能保持一颗赤子之心。

何闹闹 nik：

单纯就是她说“你滚吧”时我就真的滚了，成熟就是她说“你滚吧”而我却紧紧抱住了她。

一只小企鹅 99 问

如果不慎把骂领导的短信发给了领导本人要怎么破?

网友 答

扣扣扣扣扣纸妹：连名带姓的话……辞职吧。

代安娜瘦猫：唉，既然这么恨这个领导，直接辞职好了啦。人生短短几十年，怎么痛快怎么来。

何小仔：重新买个手机，说手机被偷了！不知道发生了什么。

雷小德：倒杯咖啡，端进领导办公室，说声对不起。然后看领导是个明君还是昏君。自求多福吧。

黑青追：那就直接点，再发条短信告诉他，骂的就是你！不能忍了！但是老板你别炒我……

狂澜孤岛：唉，自己的人生已如此艰难，领导的有些事就不要拆穿了吧……辞职吧。

大闷锅 问

很多长辈告诉我，进入职场后社交中不能太过自我，可我发现有些活得很自我的人在工作中也如鱼得水，这是为什么？

MENG 答

前不久，一个朋友得意扬扬地对我们一票朋友说，她被领导当着大客户的面夸奖，说她是公司里“情商最高的人”。

在座的朋友听罢都大跌眼镜，喷饭不已——因为这位“高情商”

的朋友，平时在我们中间是最任性的一个，不但和在场若干人都闹过别扭，有时候大家出去玩，她一个人莫名其妙地走开了也是常事。这样一个她，怎么可能情商高？

我们问：你看不惯你老板的时候怎么办？

她答：我才不要做忠臣，我是不会告诉他的呀。

细究之下，大家恍然大悟：原来她不是没有情商，只是工作时候才把情商带出门。

于是，她可以和历任老板都相处融洽，甚至有些老板出了名的脾气坏、爱骂人，却从来没有骂过她。她辞职之后，老板还请她吃饭，送她礼物。

对她而言，社交场合分两种：第一种，工作场合，工作状态开启，必须对别人 nice，有耐心，点头微笑，为人随和，善解人意；

第二种，非工作场合，这种情况下，她便率性而为，完全做回自己。

听完她的处世理论，不禁反思了一下自己的社交不适应症。我往往在各种社交场合都感到拘谨，不自在。虽然为了工作需要也能出色应对，但却始终觉得那不是真实的自己。每一场宴席、每一次酒会都让我身心俱疲。哪怕表现再好，也只想赶快回家，卸下面具，洗个热水澡，把自己彻底打回原形。

其实归根到底，是自己太在意别人的看法，或者说，是自己内心固执的完美主义。想要面面俱到，想要让所有人都满意，由于害怕自己一举一动在别人眼里会露出什么破绽，暴露什么缺点……最后对社交本身产生了严重的抵触情绪。

而我那位朋友就毫无此类心理负担，敢于做自己。这反而为她在领导面前赢得了“高情商”的赞誉，在朋友面前获得了“真性情”的评价。

话说回来，她之所以能在工作场合做到认真懂事，恰恰是因为那些人她不在乎，对工作中遇到的人 be nice 恰恰是因为不可能对他们展示自己真性情的一面。只有在在乎的人面前，她才会不自觉地“作”到惊天动地。

显然，她很好地区分了社交的功能性，一种是利益驱动，一种是情感驱动。而很多人在社交过程中把两者混为一谈，或是在工作场合情不自禁地带入感情，或是在非工作场合想着搞好人脉，这样反而让自己的心态变得患得患失，暧昧不明。

人每天都在和别人打交道，人也每天都在与自己相处。如果整天都在扮演一个“社交角色”，那实在太累、太压抑；反过来，如果一个人每时每刻在“做自己”，他自己舒服了，别人可就受罪了。因此，应该给社交画一条界线，工作归工作，生活归生活。把所谓的处世原则、进退分寸和利益算计留给工作场合，把真性情、率真的自己留给生活。

你可以和工作伙伴成为生活中的朋友，但绝不要试图在办公室跟他插科打诨、讨论隐私。同样，你和你的朋友再亲近，也不会请他到你办公室来喝下午茶。

一个人在社交时扮演社会角色并不代表他不真实、虚伪。恰恰相反，这证明了他善于适应环境、理解他人，懂得在特定的环境中扮演好特定的角色。

所以当你去赴一场工作晚宴的时候，请披上华服，戴上优雅的面具。当你去赴一个朋友的卡拉 OK，也请收起那一身铠甲，轻装上阵。

有人 问

正式步入社会以来，

你悟到了哪些为人处世的经验？

金国栋 答

可能因为职业的关系，我不断接触游戏规则，洞察人心，总是能看见阴暗、不美好的一面，虽然也有痛苦，但仍旧能从困惑中升腾出一种希望。我分享的这些也是，需要你们自己经历了才明白。

No. 01

站对位置非常重要。

这个不仅仅是说跟对人,而是包含了你的朋友圈,你心中的榜样。你得有几个一直在你身边的朋友，你更需要不断更新你的交际圈。只有那些真正优秀的人才能给你更多裨益，这裨益不仅仅是金钱。

No. 02

很多事情，很多时候，别说话。

就像不做事你无功无过，不说话你就无欲无求。

慢慢体会吧。

No. 03

尊重你的领导。

任何时候，领导都是对的。如果领导错了，他更需要看到你执行他错误指示时候的行动力，什么不耻下问、敢于指出错误，这些都只存在于教科书上。

No. 04

领导交给你的任务，慢慢做，做好了检查三遍。

脑子一热当天完成任务，领导会赞扬你效率高？他只会怀疑你做得不认真，除非这个项目真的有截止时间点。

No. 05

你所有的心思、所有的动作，包括你的不满、你的勤劳，领导都知道的，但是你不说，你就拿着三千干六千的活吧。有什么东西你就说出来，你站在自己的立场考虑自己的收入、考虑自己的感受，领导会大发慈悲的。

我有一个同事就曾经哭着在天桥上给领导打电话，说自己在上海租不起房子，领导果然给他涨了工资。你得让领导知道你多需要他，他才会反馈给你他也需要你。

No. 06

职场上，勇敢说“不”。

除了你的直接领导，其他人，你想说“不”就说“不”。没有人能差遣你，但是人家通过领导命令你了，你就撒欢做吧。记住，在职场，你不为公司，不为自己，不为项目，你只为你的领导工作，记住了吗！

No. 07

提防别人，人性充满了弱点；但同时也要相信世界，社会还有善意。这个需要自己把握。

No. 08

恨一个人，看看他五年后还会不会在你的生命里，不要为不值得的人浪费了自己的表情与感情。

No. 09

长相重要，穿着重要，你显得老成干净是最好的。

我二〇一二年去谈一个合同，就快签约了，老板看到我，觉得我是高中生，事情黄了。后来凡是有重要场合，我尽力让自己穿得像是自己年纪该有的样子。如果你一年购衣的预算是一万元，你最好花九千元买两套能穿得出去的，剩下一千元就买优衣库吧。相信我，大多数人没有更多时间成本去判断你，你的穿着实际上已经给你打分了。

No. 10

袜子！实在买不起衣服，那你一定要穿最好的袜子，你完全无法预料中午会不会突然被拉去吃日料。你总不希望自己脱下鞋，袜子上有一个破洞吧。没有人会赞美你的勤俭。嗯，内裤也重要的。

No. 11

要敢于花钱，敢于埋单，钱会赚回来的。

渐渐地朋友觉得出来都应该是你埋单，因为你混得比他们好，那么慢慢地，你就真的会比他们混得好。

No. 12

与其讨好别人，不如修缮自己。

我有一些朋友是不需要维护的，当我的电视剧播出的时候，当我的新书上市的时候，当我上电视的时候，当我一个月赚得比他们一年还多的时候，他们会非常主动地凑到你身边。

No. 13

千万，不要，与朋友一起做事情。千万。

No. 14

帮助了朋友，不要求回报。朋友因为你而走得更远，他不会因为你停下来，但是如果他比你混得更好，他会帮你，只是那时候你需要吗？

No. 15

别人长得与照片差别太大，千万不要震惊，甚至直愣愣地去问，啊，你与照片不太一样啊。这个还需要你说吗？同理，看到人家裤子破了，包是 A 货，不要戳穿——就别得意自己的火眼金睛了。

No. 16

培养一个爱好，它会给你带来圈子，压力的释放，做人的快乐。但是别去吸毒，千万别啊。

No. 17

在你没那么重要的时候，需要机会的时候，让自己能够第一时间接听电话。

二〇一〇年的时候，我去湖南台录制《天天向上》，还需要一个嘉宾，我打电话给好友，她没接，时间紧迫，只能打给另外一个人。后来录制了节目，另一个人出书了（这是很神奇的社会啊），而我的挚友，后悔不迭。还有一次，一个紧急的项目，领导下意识打给手下干将，但是他没接电话，领导对我说，那就你来吧。

No. 18

不要着急答应别人的请求，答应了也不要那么快去执行。

有什么事情可以让他等三天，如果他还是那么着急，而且你觉得可以帮忙的，去做。有一次，一个朋友让我帮忙找工作，很紧急，我立马约了公司的老总饭局。结果到下午，朋友说，想了一下，还是先不跳槽了。呵呵。

No. 19

能用钱解决的，都是小事情。

所以要赚钱。除了我们纯粹的精神追求，心底的一些柔软的东西，其他任何事情，最终都导向钱，没有钱，屁都不是。你很多的不快乐，其实就是因为没有钱，或者没有那么多钱，或者心疼钱。

No. 20

有些东西失去了，那就失去吧。

有些老朋友像是童年的衣服，留念，但是穿不了了；有些偶像突然近身看到，怀念，但是不爱了；有些道理亲身遭遇了，如此，不信了。

有一句话说，我们慢慢都变成了自己最讨厌的人。其实不是的，当初自己的讨厌也只是片面，不知人间疾苦而已。

No. 21

无论你因为什么而屈服于现在的生活，你得要在心中放一个位置给初心。这份初心是你的梦想，是你做人的意义，是你不害怕现在、不畏惧未来的动力，是你不妥协的资本。

notice

我要赚钱建一个自己的小木屋，余生就在那度过……

我要定个规矩，谁都不能在这做什么虚伪的事，谁要做谁就滚。

——《麦田里的守望者》

chapter 7

我把活着喜欢过了

有人问：你认为的『小确幸』是什么？

统治世界的橘子 答：久违回家，有人等你。

一些人努力想让人生看起来无比励志，
而我只想努力让自己的人生看起来自然而然。

我为何为诗歌谱曲

程璧

我从四岁开始，就和祖母住在北方的一个普通小院。院子很安静，阳光很好。院子里的葡萄和豆角熟了，祖母会拿一本唐诗，教我念“鹅鹅鹅，曲项向天歌”。那时的我还不懂诗歌里的意味，只是觉得这些字连起来读，很好听。

到了年末，她会带我去集市买些薄纸，挑选不同的颜色，剪几

朵窗花。她教我把纸中间四折，然后沿着菱形中线对折，在上方边缘处沿曲线剪下多余的部分，展开后就是一朵六瓣小花。

后来开始读书，学习诗词格律。我想象着那时的生活场景，也试着写出几行：“庭前花木满，院外小径芳；四时常相往，晴日共剪窗。”庭院花开，小院芬芳，与亲邻好友睦然往来，闲来剪几朵窗花。

后来祖母去世，我在她的旧物里翻到她写下的日记："天气晴朗的日子，我和小孙女坐在院子里摘棉桃。小孙女很灵巧，可爱。教她一遍，就学会了。"还有一页，写道："小孙女绕着石榴树一圈一圈地跑。我刚来到这里的时候栽下的这棵树苗，如今已经长得和她一样高了。"

祖母就是这样一个人，用温和来对待这些琐碎而平凡的日常。

用诗意的眼睛，留心着季节变化的每一个信号，春分、谷雨、芒种、白露。不知不觉，这也成了我性格里的一部分。

从十几岁开始，到二十岁出头，我常年在外求学。远方对我来说成了日常，我用一些简单的诗句，记录司空见惯的离别。其中有一首《早春的诗》：

当我又一次转身

告别站台那边张望的目光

又要说再见了

故乡

我用手抚摸父亲温热的脸颊

没有掉下一滴泪

二十五岁那一年，离开校园，我开始了在东京的生活与工作。白天像所有刚毕业的大学生一样，穿着正式的衣装，匆匆跑过地铁和人行横道。而夜晚，我带着古典吉他，在东京的某个角落开始唱自己写下的那些旋律。

那时候的歌唱，与其说是唱给舞台下面坐着的听众，更多的是为了安抚自己的内心。如果不是每天都有一段这样的时光，那日子就只剩下循规蹈矩和麻木重复了。

再后来，我去日本国民诗人谷川俊太郎先生家里拜访。他已经是一位八十岁的老爷爷了。我们一边包饺子，一边聊诗歌。他有一首《春的临终》，开头写道："我把活着喜欢过了。"这种释然的心态，给我深深的共鸣。

我开始读很多现代诗，并且尝试在古典吉他上为这些诗歌谱曲。与其说是尝试，不如说是诗歌给了我旋律的灵感。读到非常有共鸣的作品的时候，隐约地，似乎就能够感受到藏在诗歌后面的旋律线。由汉字的四声组合成词语，再由词语变成一句话，而这句话本身就带有音调。再将这些音调稍做处理，就非常接近乐音了，自然而然，就变成旋律了。

就这样，不断地在生活中积累着律动和旋律，直到有一天，我决定做一整张为诗歌谱曲的音乐专辑，于是就有了《诗遇上歌》这张作品。“诗遇上歌”这个名字，是诗人北岛所起。专辑里面收录了他的一首小诗《一切》。他听到我有要做专辑的想法后，认真帮我构思。诗遇上歌，是珍贵的缘分，也是注定的相逢。

诗人西川说，在这个世界上摸爬滚打习惯了，感觉自己似乎已经变成了一个铁石心肠的人，不轻易展露自己的情感给别人看。可是总是在某个时刻，毫无预料地，最柔软的地方会被击中。他说听到专辑里北岛的《一切》，眼泪一下就掉下来了。

有人说，诗歌是上世纪的礼物。但我想，它始终藏在每个人的内心深处。为诗歌谱曲，这样做的人从来不止我一个。我听到的便有齐豫为三毛谱曲的《橄榄树》，有周云蓬为诗人海子谱曲的《九月》，有莫西子诗为诗人俞心樵谱曲的《要死就一定要死在你手里》。

我觉得，在所有艺术形式里，诗与民谣（Folk Music）具有十分相似的特质。在文学领域，诗字数最少，篇幅简短，却又最具深意。在音乐领域，民谣无论在技巧还是配器上都往往追求简单，而它的深度在于其冷静的哲思性。

我始终觉得，诗人是人类在这个世界上，最有意思的一种存在样貌。他们思索人生，但比起哲学家的思索，少了些严密和干枯，多了些情感和生动。

他们有那么多人类的缺憾，种种不完美，却又那么可爱。他们会说出那些让人一读就不会再忘记的句子，落成了诗篇，就成了永远。

每个人来到世界上使命都不同。或者本就无所谓使命，只是愿意怎样活着就怎样活着而已。对我而言，活着就是去接近这世间那些珍贵而无用的东西——比如一棵树，一段诗行，一些情感和思想——并将这些传递，用我的歌声或者文字，让人永远相信这些“美”会一直在。那些因为争执而错过的落日，在我看来是最遗憾的事。

我很喜欢的波兰女诗人辛波斯卡在《种种可能》里写过这样一句：“我偏爱写诗的荒谬，胜过不写诗的荒谬。”写诗，唱歌，这些在大多数人眼里都只是荒谬的事情而已吧，但我宁愿这样。

想来，我总是和一些人相反。一些人喜欢热烈，而我偏爱沉静。

一些人喜欢聊梦想，而我只是坚持初心。二十年来，读过心仪的大学，就职过憧憬的设计事务所，现在决定独立做自己的事，比如音乐。一些人努力让人生看起来无比励志；而我只想让自己的人生看起来自然而然。就像河流一样，自然流逝。

「一个」工作室 问：

你所向往的生活是怎样的？你现在的生活又是怎样的？

资臻楚辰：
向往的生活就是我回答的答案能登于「一个」App 上，现在的生活是每次回答都杳无音信。

messiah：
我现在的生活就是我所向往的生活。

Joe：
我只想大大方方地向众人介绍，这是我的爱人。跨出这一步，也许才有我理想的生活。而现实是，我怕父母会受不了。将近二十年了，我生活在一个大谎言里面，生活里的很多感受，譬如，痛苦、快乐，我好想跟他们分享，可是我却不能。有时候我实在忍不住，想干脆跟他们坦白算了，可是又不忍心把自己扛了这么多年的担子再放到他们肩膀上。这就是没有出柜的生活。

昨日重现 812：
向往的生活是，面朝大海春暖花开，去留无意宠辱不惊。现在的生活是，急急躁躁庸庸碌碌，每日为五斗米折腰。

亭林镇老夏：远山、田野、狗。现在的生活：马路、网络、手机。

F.C：农妇、山泉、有点田。现在的生活：屌丝、污水、群租房。

这个人：
一直很向往《新闻联播》的生活。现在过着新浪微博的生活。

施国辰：
我向往的生活是每天都能准时下班，但现实生活是我每天只能准时上班。

闲逛：
数钱数到手抽筋，睡觉睡到自然醒。现在的生活：睡觉睡到手抽筋，数钱数到自然醒。

头大头大侠客 问

总听到有人批评这个时代浮躁，这个社会浮躁，我们的生活浮躁，自己也被家人批评过“太浮躁”。很想知道不浮躁的生活是怎样的？

张佳玮 答

不浮躁就是该吃饭吃饭，该睡觉睡觉；该看书看书，该洗澡洗澡；聊事时聊事，陪朋友时陪朋友。万事各得其所，专心在此时此刻，做每一件事。

而不是吃饭时想着别人的鱼翅海参，睡觉时想着发票报销，看书时想着如何炫耀，洗澡时想着喜酒凑份子，聊事时情不自禁总想谈钱，陪朋友时总是手痒想刷一刷微信朋友圈——所谓浮躁，也就是时时刻刻，希望以最短的时间，博取最多的存在感、优越感和自我认同。

孔夫子以前说理想，也不花哨，就是很淳朴的，梦想君君臣臣父父子子。

道理很简单，但时事乱了，就是君不君臣不臣父不父子不子，什么东西都被标签化、扭曲化、符号化了，不再是本来面目了，就浮躁了。

卓岂 问

为人处世，最重要的能力是什么，

是坚持，还是自律、独立，抑或思考？

万方中 答

随时保持内心平静的能力。

我开始第一个也想到是“坚持”，后来我认为不对，“坚持”仅仅是成功所必备的能力，并不是人生最重要的能力，亦不是我们最缺乏的能力。坚持的目的是为了成功，成功的目的是为了幸福。然而我见过很多人能成功，但并不幸福。

要讨论人生最重要的能力，我们必须放眼整个人生：人到底追求什么？

很多人会说“要一份成功的事业”“要赚大把钱”“要找到自己相爱的人厮守一生”。纵观这些欲望，无一不在诉求着一个共同的追求：幸福。

人要达到理想中的幸福状态是很难的，因为我们大多数人理解的幸福为：我想要干吗就干吗。但是试想，如果一个人真的能随心所欲，想得到什么就能得到什么，那么他剩下的，就只有无聊了。这时他会到处找事做，寻找新的欲望。

我见过坐拥千万的富翁，他们买了一个又一个的包，玩了一个又一个的女人，然而他们表现出来的并不是幸福，而是永不满足的焦虑——一个包买回来，用几天后马上束之高阁，因为他又看中了一个更漂亮的包。

我见过退休的老干部，老两口一个月上万工资，然而经常为儿子没有找到公务员的工作烦恼，为儿子娶媳妇的事烦恼，为孙子的教育烦恼。儿子不在身边，他们又烦恼“厅里的灯没有关怎么办”，“房门是不是锁紧了”，“我的高血压什么时候能治愈，我还能活多久”。无时无刻不处在焦虑和不安之中，他们并没有达到自己想象中的幸福状态。

反观我自己，我小的时候期盼快读大学，那样就不用天天上学听家长唠叨成绩了。后来进了大学，我又期盼着早点出来工作，因为工作就有工资，有钱，有钱才有自由。现在我出来工作这么多年，我又想着退休——我想退休的人整天浇浇花、散散步，那一定会很幸福了吧。

在看了别人的生活以及读了一些书以后，我开始明白，一个人如果没有刻意地去修炼，在社会这个染缸里搅成一团，是永远没法安宁的。他永远觉得此时此刻是最痛苦的时候，而我现在的痛苦，是为了明天的光明，明天一定会过得比今天好。

事实上这是一种幻觉，明天不一定会更好，还有可能会更坏。一个不平静的人，无论给他什么样的条件，他都不得安宁，因为他没有获得幸福的能力。

我们生而为人,既不能活在过去,亦不能活在未来,我们所拥有的,只有一分一秒正在流逝的当下。所以把握住当下，这一分一秒的平静就是最重要的。

或许有人会说：“我觉得你所谓的平静还不够，我要追求的是天天开心。”

一个人如果很容易快乐，那么相应的，他也将很容易哭泣，因为他感性，情绪波动大。而同样的一件事情，带来的痛苦往往比快乐大得多。试想，同样是一万块钱，是你得到时的快乐多还是失去时的痛苦多?

年轻的时候，对所有能让人开心的事，要保持谨慎的态度：比如熬夜玩游戏，比如性爱，比如抽烟，比如喝酒。最后我们会发现，每一件能让你开心的事情，背后都会付出更为沉重的代价。

一个懂得审时度势的人，应该学会避免不必要的痛苦，而不是去一味追求快乐。“片刻之欢愉，不如须臾之宁静”。

我记得有一次搭地铁，整个车厢里的人都显得很焦躁。和无数个早晨一样，人们都显出一副很忙的样子，不停地按手机，打电话，聊天刷微信，抖腿，东张西望。唯有一个女生静静地坐在那里，手安静地放在膝盖上，一动不动，像一棵树一样，不争不取，不偏不倚，安静地生长。

注视着她，我想起了一首诗：

草在结它的种子，
风在摇它的叶子，
我们站着，不说话。
就十分美好。

有些人注定要在人群中卓尔不群，因为她的修养，因为她的气质。我以前根本不知道自己要追求怎样的女孩，孝顺？多金？漂亮？聪明？

在这一刻我明白了，这就是我要追求的人，也是我要追求的人生。

notice

犯不着千辛万苦求新，无论衣服还是朋友。

——《瓦尔登湖》

chapter 8

曲终 人未必会散

有人 问：如何看待年轻时需要的是朋友而不是人脉？

东东枪 答：友情是如何消失的？从被称作人脉的那一刻起。

我们年轻时信誓旦旦爱过的每个人啊，
总以为这次一定能够了却生死，
到头来也只是毫发无伤而已。

我和赵四喜的少女时代

花大钱

上个月，我跟赵四喜蹲在马路牙子边上抽烟放空，她向我展示她的新纹身，一只栩栩如生的大幺鸡，纹在右手肘的内侧。她表示，这个纹身寓意着她的右手将化身黄金招财爪，以后想要啥牌抓啥牌，在麻将桌上呼风唤雨的日子恐怕是躲也躲不过了。

我白了她一眼：“啥时候把向我借的八百块纹身钱还了先？” 赵

四喜其人，并不爱吃用猪肉剁成的四喜丸子。“那她一定长得很像肉丸吧。”“拜托，她都瘦得快脱离地心引力了，她要像丸子，那我就是狮子头。”至于这个名字的由来，还要追溯到早些年的时候，赵四喜在麻将桌上频频失意，一气之下，她口出狂言：“总有一天我要和出一把大四喜！”于是就给自己揽了这么个听上去又荤又胖的花名。

二〇一五这年，赵四喜二十，我二十一，我们喜结室友，住到了一起。就这样，我们毫无防备地撞进了彼此的少女时代。

01

二十几岁的时候，大家都有很多的想法，有人想周游世界，有人想当摇滚歌手，有人想谈一场轰轰烈烈的恋爱。如果你也是这么想的，那么大概你《新闻联播》看多了。

我跟赵四喜，两个三俗少女，没理想，没情怀，灵魂也没香气，我们只想过天天脸上敷十张面膜，想喝多少养乐多就喝多少，卫生巾都挑最贵的买的奢靡生活。我想，这相同高度的思想觉悟才是致使我们臭味相投最终住到一块儿去的最根本原因。

然而真实的生活却是,我们天天都为了几千块的房租奔波忙成狗，根本没有时间做面膜，也没时间喝养乐多。

年初的时候，我们搬进了现在的这个家，除了地段不错之外其他都很错。公寓很旧很破，楼上楼下住的都是上了年纪的大爷大妈，楼梯的声控灯老是失灵，整幢楼的电路都是旧的，夏天开空调时连头发都不敢吹，刚搬进来的时候还能时不时看到蟑

螂俏皮的身影。

而我们为了省几百块的清洁费，自己挽起袖子打扫了整整两天，肥皂、洗洁精、威猛先生，轮番上阵。记得那天打扫完之后，我跟赵四喜坐在地上放空了三小时，全程没说一句话。

那时候，我在一家广告公司实习，除了天天对着屏幕做一些繁琐的无用功之外，还要身兼快递签收员、外卖点单机等要职，每天早上为了能赶在最后一秒打到卡而在路上夺命狂奔，长期佩戴隐形所以眼睛总是周期性地发炎，每个月底领工资的时候总觉得自己在参加《法治在线》的某期节目——《追问，花季少女血泪打工背后有着怎样的故事？！》。

当然，赵四喜也没好到哪里去。她比我小一级，除了每周要上三天课，应付数不清的工科制图作业之外，周末还要出去给人拍照挣外快，一有空就坐在电脑前用 PS 对他人的长相进行二次创作，经常为了逃课花尽毕生才华编理由。

二十岁的生活跟我们想象的完全不一样。就像我们曾以为我们会每天坚持做饭，热爱葱蒜，但事实却是，我们只在搬新家那天呼朋引伴地开了一次伙，做完饭，拍照，发朋友圈，然后心满意足地将刚买的碗筷三件套放进了高高的橱柜。

02

但年轻的好处就在于，再无聊的生活也会悄悄藏着五颜六色各式各样的可能性，活着就是一场大冒险，明天什么样，谁都说不准。就在我们一度认为自己就这样步入了成人式的残酷人生时，生活还是会时不时让我们突然刮中十块二十块的大乐透。

我们的小破公寓离衡山路很近，太阳一下山，这里就成了酒精饮料爱好者的天堂。天热起来的时候，我和赵四喜每周都会从百忙之中抽出时间去那里狩猎，我们就像两个刚开荤的三代贫农，努力瞪大眼好奇地看着这些以前从未接触过的声色场所。

长大是一个解禁的过程，就像游戏里面的通关，你突然就能够解锁许多别的技能了，这种感觉是很奇妙的。解锁酒吧技能后我跟赵四喜绕着五原路、永福路、复兴中路走了不下五百遍。为了省钱，我们大多数时候是在便利店买了酒，然后坐在各个酒吧门口的马路牙子上喝，一边喝一边看看路人，猜他们在说些什么。有时候，看到长得特别帅的，我们的内心还是无法克制的。类似“你好，我在做一个公益活动，只要亲够一百个人，就能为非洲饥民捐出一亿元！现在还差最后一个，你一定愿意献出爱心的，对不对？那么我就先替非洲小朋友谢谢你了！”“我见到你就有种特别想发红包的冲动，拜托加个微信满足一下我的小小心愿好吗？”这样的搭讪方式我们想了不下一百种。但一到真枪实弹上战场的时候我们比谁都怂。所以没办法，我们只好继续抡着瓶子在路边喝大酒，但内心还是很炙热的，炙热地等待着一场爱情的到来，就算爱情这东西有时候比“饿了么”上面点的大娘水饺还难等。

03

法租界先生出现的时候，我和赵四喜的生活刚有了一些转机。我因为在网上发了几篇小文章，写了点三流段子，攒了那么几千个粉丝。当时自我感觉特别好，几千个粉丝，那是什么概念啊，觉得每人给我一块钱我都能在上海买房了呢。更何况，我坚信还有一百万我的爱慕者因为不好意思而悄悄关注着我。至于赵四喜，因为照片拍得比较有风格，不小心上了一些潮流杂志，也算小有名气。有一次我跟赵四喜在酒吧门口照常猎艳的时候，她拍了一个拿长柄伞的男人，后来那张照片被登在一本还蛮有名的杂志上，巧的是刚好被那个男人看到了，他们就这么认识了。该先生的真名跟香港一个很老派的男演员一样，因为他的工作室在原法租界的一个小别墅里，私下里我们就一直叫他法租界先生。这是赵四喜二十岁这一年里唯一的一段桃花，但也只是普普通通的每个年轻人都会有的桃花。热恋的时候经常爱得痛了痛得哭了哭得累了日记本里页页执着，平均每天打两个小时电话发五百条微信，洗澡的时候都恨不得把手机叼进浴室。但

是坏就坏在这段感情大多数时候都是赵四喜一厢情愿，但她不管啊，还觉得你不仅什么都好，而且还不爱我，真是牛×极了。

我虽然看得清清楚楚，但从来没泼过她冷水，就连赵四喜嚷着要搬出去跟法租界先生住的时候，我也没拦着。Life is short, play more 嘛，我最后的温柔就是祝她月月都来大姨妈。

当然，半个月后，赵四喜还是哭哭啼啼大包小包回来了。直到现在我还时不时会把热恋时赵四喜发我的那些微信大声读出来恶心她："大钱，你知道吗，今天他发了一张偷拍我在沙发上整理手提包的照片欸！""大钱，今天等红灯去对面便利店买寿司的时候，他给我发了jamc的《My girl》欸！"这个时候，赵四喜就会捂着耳朵恶狠狠地瞪我一眼。这就是二十岁的爱情啊，像每个夏天会来的台风。台风来前，人心惶惶地升级各色预警，可当它真正过境，却也只是随便涝了一地。我们年轻时信誓旦旦爱过的每个人啊，总以为这次一定能够了却生死，到头来也只是毫发无伤而已。

04

赵四喜谈恋爱的这段时间，我的生活也经历了一些特别大的变化。因为不堪压力，我离开了原先那家广告公司，怀着村干部进城开人民代表大会的激动心情进了家互联网创业公司，但却发现根本无甚差别。在对这个行业彻底失望的时候，接受了妈妈的意见，决定出国换个专业读研。有天晚上，我在通宵赶各种乱七八糟的申请材料的时候，突然想到了三个非常严肃的问题："我出国花的这几十万元钱以后能不能挣回来啊"，"学的新专业真的适合我吗"，以及"万一被国外的王子看上了，那我还要不要回来呢”。好吧，我承认最后一个问题是我瞎编的。但前面两个问题却实实在在把我撂倒了，我陷入了二十一岁恐慌症中，觉得自己突然毫无准备地被推到了世界的中间，一下子，不管好的坏的，所有东西都被一股脑儿塞到了我的手里。感觉自己就像个平时不好好学习的小学生，突然得知有一场突击考试，一下子就蒙了，只好大声喊一句：“这题超纲了吧！”

我越想越恐慌，就跑去把赵四喜从被窝里拽出来。“你觉得你二十岁的生活是怎么样的？” 赵四喜把她的手臂在我眼前晃了晃：“就跟我手臂上的这纹身一样吧，看上去生动艳丽、嚣张跋扈，却没人知道为了躲过妈妈的视线，它必须小心翼翼地窝在隐秘的胳肢窝的旁边，当然，它还暗含着一个更形象的隐喻：‘纵使纹了幺鸡，你也永远成不了妖姬。’”“能不能好好说话！”赵四喜沉默了一会儿，突然看着我很认真地说：“大钱，其实我跟法租界分手时最让我印象深刻的瞬间跟他并没有什么关系。那时我从他家搬出来，一个人坐地铁，提着好几个大包。地铁在每个站点大概停三十三秒，我没提前准备，地铁都停了的时候我才急急忙忙整理行李，屏蔽门开始嘟嘟叫的时候，我还在抓大包小包。好不容易都拿上了，冲到门边的时候，门已经开始合拢了，喉咙里刚要叫出的那个‘啊’在出口时也只是变成了

轻轻一声‘欸’。当时我真的很沮丧，但我一想到你在家里等我，我还是给自己打了打气，又重新折回去坐地铁。我想这可能就是我的二十岁吧，充斥着数不清的慌乱和尴尬，但我心里明白，最终我还是能够到达自己想去的地方的。”虽然赵四喜平时都老不正经，但在这一瞬间，我承认我很爱她。

05

好了，说到这里你们大概也知道了，我们的少女时代，并没有那么好，甚至有一点糟，但它跟你们每个人的少女时代都一样。时不时有亟待解决的考试，每周都为夜生活的行头而发愁，没钱是常态，什么都想吃但又什么都不敢吃，笑起来像一辆柴油没加满的拖拉机，床上总会有不小心蹭到的经血，迷信虚头巴脑的星座运势，发很多朋友圈然后不定时又把它们都删光，流过一些普普通通谁都有的眼泪，遭遇过几场普普通通谁都会碰到的爱情，对不喜欢的人非常残酷，对不喜欢的事情非常刻薄，但也会被一些亲密的关系打败。可无论怎样，我们心里都明白，这些好的坏的，全是我们生命最鲜活的见证。只有经历过那么多碰撞与泥泞，我们才能更好地和自己相处。如果可以的话，我希望我的少女时代永远不要过去；如果不可以，那我就跟它好好握个手，然后在下一个分镜头中转身走向更好的成年人生。

「一个」工作室 问：

你的朋友圈会设分组可见吗？

啾啾苑：

其实我觉得，我对你的爱，还是其他人可见的好。

氤蕙：

以前想过用分组的功能表白："能看到这条状态的人，我喜欢你啊！"

FengHanClockwork：

我不分组，不喜欢看的就屏蔽。想发什么就发什么，因为我又不靠人际关系活着。人生苦短，吐个槽又怎样？

好歹是猛禽：

闺蜜每个分组都是一个字，所有的分组连起来就是"爱情就像环法的自行车赛"。结果丫把我分在了句号组。

i 张了了：

每一条动态都是仅喜欢的他可见，每一条。

迟落：

设了一个领导单独一个组的，然后发一条吐槽工作的准备不让领导看到，结果发成了只有领导一个人可见……然后他还给我评论了……

草莓酱 lolo 问

为什么混得不好，

不愿意跟朋友联系？

碎弦 答

前两天婉言谢绝了一个回国朋友的晚宴邀请。多少年没有联系，怕见面不知道该说什么，也不知道怎么和饭桌上的其他人相处。挂了电话感到手足无措。到了连理由都不想编一个的地步了……

很多曾经要好的朋友，渐渐都断了关系。

有的已经出嫁。有的坐拥巨额财富。

有的出国留学。有的学业有成……

自己和他们越来越远，越来越远。

聚会的时候谈论的是：谁谁谁买了什么车，最近看中了什么车；新买的房子如何装修；谁谁谁换了个怎么样的对象；谁谁谁最近挣了多少钱……

越来越远越来越远……原来那些听说过的庸俗同学聚会这么快就发生在自己身上。

会觉得有一种距离感。只能尴尬地傻笑。

自己还骑着自行车。还住在没有物业管理的破旧小区。父母都是社会底层。自己也不争气，上着个大专学校。他们已经飞得那么高，那么远。一方面发自内心地羡慕，祝福；另一方面，又自私卑鄙地希望他们慢一些，等等自己。

不由得不自信，胆怯。甚至有点后悔曾经的相识导致如今的尴尬。渐渐地，开始推掉各种聚会。摆脱了纷繁嘈杂，寻求到了一丝宁静。几次过后，人家便也不再叫你。于是自己又开始担心、忧虑："聚会上他们会不会谈论起自己？他们会怎么谈论？"

有时候看到那些曾经好友的动态，多姿多彩的生活，却连点击一下都不敢，生怕留下访客记录，让对方想起自己。

曾经以为，和他们会有几辈子都扯不完的淡，一起在教室的后排可以聊几个世纪也不会腻。自己还总是话题的主导者，呼风唤雨。没想到时间如此残酷，毫不拖泥带水。就好像一条条射线，曾经有过交集，现在已越来越远。

其实自己也清楚，可能都是因为自卑导致的敏感。人家不是刻意瞧不起你，只是越来越和你没有话题。是你自己太差劲不争气。

人家根本没有那么想，是你自己神经太过敏感。

其实一直梦想着，等有一天发迹了，再叫来曾经的好友，告诉他们自己这些年孤独的原因。

壮哉吾辈单身狗 问

为什么曾经相知相熟的朋友会逐渐远离？

如果想和他们重新挽回关系，要怎么做呢？

金国栋 答

小时候最喜欢问的是：“妈妈，你与那个阿姨认识多少年了，十几二十几年？”其次喜欢问的是：“爸爸，你在合肥有几个朋友，你在洛阳有几个朋友，你在南京有没有朋友？”

父辈的友情叫我羡慕。因为他们绝少提起朋友，闭口不谈友情义气。但像是歪打正着，又像是深藏不露的，每个人的通讯录里都有那么几个像是金庸小说里扫地僧一般深不可测的名字。

我们好像更习惯，在某一段时间里，拥有某一个最好的朋友。然后在下一段时间里，要么你们还是朋友，只是你们不再玩闹，不再见面吃饭，不再分享心事，或者你们彻底不再联系，也不知道是因为什么。

其实应该也知道，是因为什么。因为我们彼此都长大了，但是我们的生长不像是树叶向着阳光，水往大海奔去。我们内心的灯火是我们的方向，灯火照亮各自脚下，我们从此分道扬镳，即使地上的根交错在一起，伸向天空的枝杈却南辕北辙。

初来上海，有一个很好的朋友，叫我哥，带着崇拜与应是缘分的亲近。我们每周会碰头吃饭，一起看球，一起看电影。他虽然不高，却有几分帅气，泡各种各样的妞，但是我的意见对他来说极为重要。我也是后来才知道，我可能无心说到某人不好，他没几天就跟某人分手了；我无意间称赞的女生，他可能真的去追求到手了。

我经常临时约他，他都来，也告诉我他爽了朋友或者同事的约。我告诉他这样不好，心里却是美滋滋的。我知道，他也是一个自尊心极强、控制欲极强的人，所以他能够在我面前如此这般，更叫我觉得难得。

后来有一天，毫无征兆地他放了我鸽子，然后，我们就不再联系了。这大概是我们认识第三或者第四年了。我失落，却又不悲伤。我知道他彻底长大了，不再以我为偶像，不再围着我转。他开始绽放自己的光芒，用自己的力量对抗这个世界的荒唐。如果他在我身边，永远无法挺胸抬头，永远无法独当一面，永远无法一呼百应。而他内心里，有一把火，骄傲，不羁。这些都是属于他的，他曾经都丢掉，现在全部穿上。而这些，对我们的友情来说，可能就是尖刺。他开始展露锋芒，我们的友情便开始消亡。

有些你觉得一辈子都会那样交好的朋友，也会在某个时间点慢慢开始偏移。或者她开始恋爱了，她开始有新的朋友了；或者她要出国了，你便需要慢慢摆正自己的位置。有一天，突然翻聊天记录，发现又是十几天不联系了，反而松了一口气。

我希望那些渐行渐远的朋友都能找到生活的本质：无论亲情、爱情、友情，人都不要活在别人的生活里。如果只是从对一个人的依赖转换为对另一个人的依赖，那总归都有抛弃与被抛弃的时刻。人，要有自己的生活，要有自己一个人对抗这个世界的勇气，也要有一个人感受这个世界的心情。基于这样的前提，留下的感情，才能更长久。

于是我慢慢觉得，给朋友留下足够的空间，其实也是给关系留下许多回旋的余地。如果彼此缠绕太多太紧密，一松手就会感觉老死不再相见，一转身更是恍若隔世。

也有多年之后还是很好很好，可能还会这样好下去的朋友。有一个朋友只会在失恋的时候找我，带着一罐啤酒与披头散发的颓废。有几个朋友只会在过年的时候一起打麻将，最好的几个兄弟，当年一起踢球，现在一起看球。远在北京的几个小姑娘，会因为同样的文学梦想而紧紧依偎在一起。

我们的生活有一个交集，在那个交集里，我们是彼此最好的伙伴。或者我们生命里有某些时刻，在那些时刻，就该是你，或者是我，出现在彼此的生命里。那些曾经是我最最要好的朋友，我相信我们还是会在很多时刻想起对方。我们都会慢慢老去，而回忆里的你们，还是能够让我感动依旧。

Hello_ 我是周颖：
两个人太像了，一直相处，越来越像，互相倾诉，互相拆穿……最后不联系了。

彼得兔儿先生：
不知不觉，又过了一个秋；后知后觉，你已经离开我。

「一个」工作室 问：

你和 Ta 的友谊是在什么情况下变淡的？

巧克力蒋 jst：
一起自拍时只修自己的图。

___ 是我的海 __：
彼此有了各自不知道的秘密。

嘿果儿 _：
做了代购之后。

国民大官人：
我说这事只能你一个人知道，第二天周围的人全知道了。

Mrs 周小妞：
每次联系都是借钱，没事基本不联系。

王二是个小：
告白的第二天。

低言周 CroSsFeeL：
见面越来越少，聊天越来越少，要共同做的事情越来越少，所有事越来越少，就淡了。

我来到你的城市 cc：
我或者 Ta 有男（女）朋友了。

热血五号 问

每一面都可能是最后一面，每一句话都可能是最后一句话。

当你知道再也见不到最好的朋友时，是什么感觉？

一世安然 答

我有一个从小玩到大的好朋友，小学、初中、高中都在一起，上大学后才分别去了不同的城市。尽管离开很远，但每天发消息、每周打电话是免不了的。我们交流每天的吃喝拉撒，分享彼此的喜怒哀乐，好到我觉得和她是连体婴儿。她懂我每一个欲语还休，我解读她每一次莫名其妙的冷幽默。

大三体检，她查出了白血病，休学回家。以前每周打一次电话，当时每天打一次。

她状态好的时候就看美剧看书，有时候还在上课就收到她的消息："《绝命毒师》这一集太好看了！！！！你快去看！！！！"一下课，我就赶紧回宿舍，看完马上跟她交流。

每次出去玩就拍好多照片发给她看，她说："你是我的眼睛，是我的双腿，是我觉得尽管困在床上还能远行的身体。"

寒假回去看她，竟然给我织了一条围巾！大姐，你真是活出了中年妇女的格调啊。她摸着自己的光头，问我："酷吗？"

有一天下课，我往宿舍走，习惯性掏出手机给她打电话。没人接。过了五分钟，我又打过去，还是没人接。心一凉，知道她走了。

我赶回老家，帮着挑遗像，通知亲朋、参加葬礼。

我还是继续上课，继续走在校园里，继续看着天晴天阴，围着她织的围巾。再也见不到最好的朋友是什么感觉？没有任何感觉，哭也哭不出来。只有掏出手机想要拨打那个再也没人接的号码时，心里空荡荡的。

还有，我很想她。

夏天和橘子 问

快过年了，又是各种同学会，许久未见的朋友再次相逢，居然当头就给我来了一句“你变了”，好像没见面的这几年变成了对他的背叛似的。如何面对许久未见的朋友给你“你变了”的评价？

刘同 答

前段时间参加了同学聚会，见到了当年关系还不错的女同学，她那时喜欢没事写点东西，所以我们算是能交心的朋友。

见面，聊天，说这些年自己的感受。我和以前在班上的定位一样，不喜欢气氛尴尬，所以一直笑闹着喝酒。其他的同学说，你怎么一点都没变，还是那么开朗，看见你就觉得心情很好的样子。我说我也是，看见你们我心情就很好的样子。一下就回到了从前。

然后女同学就发话了，她双手抱在胸前，冷冷地看着我们，说，我觉得你变了，你很在意别人的看法，也不想让人看穿自己，你这样活着其实没有必要。

我惊呆了，同学们也惊呆了。我很尴尬地说，我没有很在意啊，我也没想不让人看穿自己啊。我跟你们在一起就是很开心啊。我一点都不辛苦。

她说，好了，你还是和高中的时候一样，只是现在更擅长伪装了。

语气里赤裸裸的“我高中就和你关系好了，我还不知道你”的鄙视。喂，大姐，以前两个人关系好就证明你现在有资格对我品头论足吗？以前我是那样的人就证明我到死都是那样的人吗？人和人在一起聚会不就是为了开心吗？聚会何时变成了人性解剖大会了？难道有资格说出一个人变了就显得自己特别王母娘娘了吗？以上所有的话都是我的内心独白。

我举起酒杯自己干了一杯说：“好好好，我变了，你就让我继续伪装一下自己。我现在喝了酒根本停不下来。”

后来她不再说话，而我持续开心。晚上回家，女同学的微信发了过来，大致的意思就是不明白我现在为何没了以往的羞涩，大大咧咧的样子让她觉得我很辛苦。

我特别能够理解她希望我开心，只是高中毕业之后到今天，羞涩确实一点一点被隐藏了起来。我看见老同学的时候，我看见了他们的羞涩，我也看见了自己的羞涩。换做以前的我，不敢多说什么，更不敢多做什么，等着别的同学来救场。

现在的我已经明白了，如果你主动一点点，也许很多事情会因为你的改变而朝好的方向改变，而自己的那些小羞涩比起大家的热烈来，显然不值得一提。你看我游刃有余地和所有人聊天，你也应该看得到我尽量让每个人都参与到话题里来。当年的我就是这个角色，今年的我也是。

女同学说：“你变了，我都不认识你了”。我其实很想解释，而她非得让我承认自己的改变，而我选择屏蔽了她。

每个人都会变，但我相信大多数人的变化都是朝着自己喜欢的方向去的。我的人生不因你认识原本的我而成功，我的人生也不因你不认识原本的我而失败，我只是希望每一个老朋友重新见面的时候，能够看到彼此身上的优点。经过时间、岁月的磨砺，那句话不是“你变了”，而应该是“现在的你真不错”。我不是逼你非得夸我现在很不错，只是每个人经历了不同的事，遇见过不同的人，接纳不能接纳的，理解不能理解的，才以自己现阶段最舒服的方式活着。

你没有经历，最好不要轻易觉得别人变了，那只是他们不再像你以为的样子而已。你若陪伴着对方一起度过了成长岁月，就不会那么轻而易举地用一句“你变了”去否认他。

不再佯装完美，而开始学会自黑。不再追逐名利，而开始享受家庭的幸福。不再漫无目地做白日梦，而是脚踏实地去做每一件小事。承认自己的怯懦，不再伪装强大。不怕得罪朋友，敢于快刀斩乱麻。每一种所选择的生活，都是另外一种强大。每一种外人看到的改变，都只是当事人用时间做出的最好的选择。

我发现我可能变了，变得不在意不尊重自己的人了。我发现我确实变了，变得不喜欢什么事情都要去解释了。

毕竟，无论别人怎么评价你，都不比你自己活得爽更重要。

监　　制：韩　寒
总 策 划：小　饭
策 划 人：金丹华
出版统筹：戚开源
特约编辑：孟　味
版式设计：陆骏璇 欧阳颖

官方网站：wufazhuce.com
官方微博：@一个 App 工作室 @一个图书 @亭林镇工作室
官方微信：

more

很高兴见到你

去你家玩好吗

想得美

不散的宴席

在这复杂世界里

和喜欢的一切在一起

我们从未陌生过

可以不可以

产品经理 | 张馨予
特约插画 | Ringo
特约印制 | 路军飞
封面设计 | 陈　章
特约编辑 | 陈　曦
出 品 人 | 路金波

图书在版编目（CIP）数据

可以不可以 / 韩寒主编. -- 昆明 : 云南美术出版社, 2017.7（2018.10重印）
ISBN 978-7-5489-2764-8

Ⅰ. ①可… Ⅱ. ①韩… Ⅲ. ①中篇小说—小说集—中国—当代 Ⅳ. ①I247.5

中国版本图书馆CIP数据核字(2017)第120894号

责任编辑：梁　媛　周　琼　汤　彦
装帧设计：陈　章
责任校对：马　清

可以不可以
韩寒 主编

出版发行：云南出版集团
云南美术出版社（昆明市环城西路609号）
制版印刷：北京旭丰源印刷技术有限公司
开　　本：880mm×1230mm　1/32
字　　数：150千
印　　张：7.5
印　　数：16,001-21,000
版　　次：2017年7月第1版
印　　次：2018年10月第4次印刷
书　　号：ISBN 978-7-5489-2764-8
定　　价：39.00元

版权所有 侵权必究
如发现印装质量问题，影响阅读，请联系021-64386496调换。

THAT IS A
QUESTION